# 聊斋志异

册六

［清］蒲松龄 著

万卷出版公司

# 畫學心印

卷六

[清] 秦祖永 著

《战国策·赵策》四：左师触龙言愿见太后，太后盛气而揖之。

《国语·郑语》：其民沓贪而忍，不可因也。



## 珊瑚

承前卷

安生大成，重庆人。父孝廉，早卒。弟二成，幼。生娶陈氏，小字珊瑚，性娴淑。而生母沈，悍不仁，遇之虐，珊瑚无怨色。每早旦靓妆往朝。值生疾，母谓其诲淫，诟责之。珊瑚退，毁妆以进。母益怒，投颡自挝。生素孝，鞭妇，母少解。自此益憎妇。妇虽奉事维谨，终不与一语。生知母怒，亦寄宿他所，示与妇绝。久之母终不快，触物类而骂之，意总在珊瑚。生曰：『娶妻以奉姑嫜，今若此，何以妻为！』遂出珊瑚，使老妪送归母家。

方出里门，珊瑚泣曰：『为女子不能作妇，归何以见双亲？不如死！』袖中出剪刀刺喉。急救之，血溢沾襟。扶归生族婶家。婶王氏，寡居无偶，遂止焉。媪归，生嘱隐其情，而心窃恐母知。过数日探知珊瑚创渐平，登王氏门，使勿留珊瑚。王召生入；不入，但盛气逐珊瑚。王乃率珊瑚出见生，问：『珊瑚何罪？』生责其不能事母。珊瑚默默不作一语，惟俯首呜泣，泪皆赤，素衫尽染；生惨恻不能尽词而退。又数日母已闻之，怒诣王，恶言诮让。王傲不相下，反述其恶且曰：『妇已出，尚属安家何人？我自留陈氏女，非留安氏妇也，何烦强与他家事！』母怒甚而穷于词，又见王意气汹汹，惭沮大哭而返。

珊瑚意不自安，思他适。先是生有母姨于媪，即沈姊也。年六十余，子死，止一幼孙及寡媳；又尝善视珊瑚。遂辞王，往投媪。媪诘得故，极道妹子昏暴，即欲送之还。珊瑚力言其不可，兼嘱勿言，乃与于媪居，如姑妇焉。珊瑚有两兄，闻而怜之，欲移归另嫁。珊瑚执不肯，惟从于媪纺绩以自度。生自出妇，母多方为生谋婚，而悍声流播，远近无与为偶。积三四年，二成渐长，遂先为毕姻。二成妻臧姑，骄悍戾沓，尤倍于母。母或怒以色，则臧姑怒

以声。二成又懦，不敢为左右袒。于是母威顿减，莫敢撄，反望色笑而承迎之，犹不能得臧姑欢。臧姑役母若婢；生不敢言，惟身代母操作，涤器洒扫之事皆与焉。母子恒于无人处，相对饮泣。无何，母以郁抑成病，委顿在床，便溺转侧皆须生；生昼夜不得寐，两目尽赤。呼弟代役，甫入门，臧姑辄唤去。

生于是奔告于媪，冀媪临存。入门泣且诉；诉未毕，珊瑚自帏中出。生大惭，禁声欲出。珊瑚以两手叉扉。生窘极，自肘下冲出而归，亦不敢以告母。无何于媪至，母喜止之。从此媪家无日不有人来，来必以甘旨饷媪。媪寄语寡媳：『此处不饿，后无复尔。』而家中馈遗卒无少间。媪不肯少尝食，缄留以待病者。母病亦渐瘥。媪幼孙又以母命将佳饵来问病。沈叹曰：『贤哉妇乎！姊何修者！』媪曰：『妹以去妇何如人？』曰：『嘻！诚不至夫臧氏之甚也！然乌如甥妇贤。』媪曰：『妇在，汝不知劳；汝怒，妇不知怨，恶乎弗如？』沈乃泣下，且告之悔，曰：『珊瑚嫁也未？』答云：『不知，请访之。』又数日病愈，媪欲别。沈泣曰：『恐姊去，我仍死耳！』媪乃与生谋，析二成居。二成告臧姑。臧姑不乐，语侵兄，兼及媪。生愿以良田悉归二成，臧姑乃喜。立析产书已，媪始去。

明日以车来迎沈。沈至其家，先求见甥妇，亟道甥妇德。媪曰：『小女子百善，何遂无一疵？余固能容之。子即有妇如吾妇，恐亦不能享也。』沈曰：『冤战！谓我木石鹿豕耶！具有口鼻，岂有触香臭而不知者？』媪曰：『被出如珊瑚，不知念子作何语？』曰：『骂之耳。』媪曰：『诚反躬无可骂，亦恶乎而骂之？』曰：『瑕疵人所时有，惟其不能贤，是以知其骂也。』媪曰：『当怨者不怨，则德焉者可知；当去者不去，则抚焉者可知。向之所馈遗而奉

事者，固非予妇也，尔妇也。』沈惊曰：『如何？』曰：『珊瑚寄此久矣。向之所供，皆渠夜绩之所贻也。』沈闻之，泣数行下，曰：『我何以见我妇矣！』媪乃呼珊瑚。珊瑚含涕而出，伏地下。母惭痛自挞，媪力劝始止，遂为姑媳如初。

十余日偕归，家中薄田数亩，不足自给，惟恃生以笔耕，妇以针黹。二成称饶，然兄不之求，弟亦不之顾也。臧姑以嫂之出也鄙之；嫂亦恶其悍置不齿。兄弟各院居。臧姑时有凌虐，一家尽掩其耳。臧姑无所用虐，虐夫及婢。婢一日自经死。婢父讼臧姑，二成代妇质理，大受扑责，仍坐拘臧姑。生上下为之营脱，卒不免。臧姑械十指肉尽脱。官贪暴，索望良奢。二成质田贷资，如数纳入，姑释归。而债家责负日亟，不得已，悉以良田鬻于村中任翁。翁以田半属大成所让，要生署券。生往，翁忽自言：『我安孝廉也。任某何人，敢市吾业！』又顾生曰：『冥中感汝夫妻孝，故使我暂归一面。』生出涕曰：『父有灵，急救吾弟！』曰：『逆子悍妇不足惜也！归家速办金，赎吾血产。』生曰：『母子仅自存活，安得多金？』曰：『紫薇树下有藏金，可以取用。』欲再问之，翁已不语；少时而醒，茫不自知。

生归告母，亦未深信。臧姑已率人往发窖，坎地四五尺，止见砖石，并无金，失意而去。生闻其掘藏，戒母及妻勿往视。后知其无所获，母窃往窥之，见砖石杂土中，遂返。珊瑚继至，则见土内悉白镪；呼生往验之，果然。生以先人所遗，不忍私，召二成均分之。数适得揭取之二，各囊归。二成与臧姑共验之，启囊则瓦砾满中，大骇。疑二成为兄所愚，使二成往窥兄，兄方陈金几上，与母相庆。因实告兄，兄亦骇，而心甚怜之，举金而并赐之。二成乃喜，往酬债讫，甚德兄。臧姑曰：『即此益知兄诈。若非自愧于心，谁肯以瓜

分者复让人乎？』二成疑信半之。次日债主遣仆来，言所偿皆伪金，将执以首官。夫妻皆失色。臧姑曰：『何如！我固谓兄贤不至于此，是将以杀汝也！』二成惧，往哀债主，主怒不释。二成乃券田于主，听其自售，始得原金而归。细视之，见断金二锭，仅裹真金一韭叶许，中尽铜耳。臧姑因与二成谋：留其断者，余仍反诸兄以觇之。且教之言曰：『屡承让德，实所不忍。薄留二锭，以见推施之义。所存物产，尚与兄等。余无庸多田也，业已弃之，赎否在兄。』生不知其意，固让之。二成辞甚决，生乃受。称之少五两，命珊瑚质奁妆以满其数，携付债主。主疑似旧金，以剪刀夹验之，纹色俱足，无少差谬，遂收金，与生易券。

二成还金后，意其必有参差；既闻旧业已赎，大奇之。臧姑疑发掘时，兄先隐其真金，忿诣兄所，责数诟厉。生乃悟反金之故。珊瑚逆而笑曰：『产固在耳，何怒为？』使生出券付之。二成一夜梦父责之曰：『汝不孝不弟，冥限已迫，寸土皆非己有，占赖将以奚为！』醒告臧姑，欲以田归兄。臧姑嗤其愚。是时二成有两男，长七岁，次三岁。未几长男病痘死。臧姑始惧，使二成退券于兄，生不受。无何次男又死。臧姑益惧，自以券置嫂所。春将尽，田芜秽不耕，生不得已种治之。

臧姑自此改行，定省如孝子，敬嫂亦至。半年母病卒。臧姑哭之恸，勺水不入口。向人曰：『姑早死，使我不得事，是天不许我自赎也！』育十胎皆不存，遂以兄子为子。夫妻皆寿终。生养二子皆举进士。人以为孝友之报云。

异史氏曰：不遭跋扈之恶，不知靖献之忠，家与国有同情哉。逆妇化而母死，盖一堂孝顺，无德以戡之也。臧姑自克，谓天不许其自赎，非悟道者何能为此言乎？然应迫死，而以寿终，天固已恕之矣。生于忧患，有以矣夫！

## 恒娘

都中①洪大业，妻朱氏，姿致颇佳，两相爱悦。后洪纳婢宝带为妾，貌远逊朱，而洪嬖之。朱不平，遂致反目。洪虽不敢公然宿妾所，然益嬖妾，疏朱。

后徙居，与帛商狄姓为邻。狄妻恒娘，先过院谒朱。恒娘三十许，姿仅中人，言词轻倩②。朱悦之。次日答拜，见其室亦有小妾，年二十许，甚娟好。邻居几半年，并不闻其诟谇一语；而狄独钟爱恒娘，副室则虚位而已。朱一日问恒娘曰：『予向谓良人之爱妾，为其为妾也，每欲易妻之名呼作妾。今乃知不然。夫人何术？如可授，愿北面为弟子。』恒娘曰：『嘻！子则自疏，而尤③男子乎？朝夕而絮聒之，是为丛驱雀④，其离滋甚耳！其归益纵之，即男子自来，勿纳也。一月后当再为子谋之。』朱从其谋，益饰宝带，使从丈夫寝。洪一饮食，亦使宝带共之。洪时以周旋朱，朱拒之益力，于是共称朱氏贤。




如是月余朱往见恒娘，恒娘喜曰：『得之矣！子归毁若妆，勿华服，勿脂泽，垢面敝履，杂家人操作。一月后可复来。』朱从之。衣敝补衣，故为不洁清，而纺绩外无他问。洪怜之，使宝带分其劳；朱不受，辄叱去之。

如是者一月，又往见恒娘。恒娘曰：『孺子真可教也！后日为上巳节，欲招子踏春园。子当尽去敝衣，袍裤袜履，崭然一新，早过我。』朱曰：『诺。』至日，揽镜细匀铅黄，一如恒娘教。妆竟，过恒娘，恒娘喜曰：『可矣！』又代挽凤髻，光可鉴影。袍袖不合时制，拆其线更作之；谓其履样拙，更于笥中出业履，共成之，讫，即令易着。临别饮以酒，嘱曰：『归去一见男子，即早闭户寝，渠来叩关勿听也。三度呼可一度纳。口索舌，手索足，皆吝

《孟子·离娄》：故为渊驱鱼者，獭也；为丛驱雀者，鹯也；为汤武驱民者，桀与纣也。

之。半月后当复来。』朱归，炫妆见洪，洪上下凝睇之，欢笑异于平时。朱少话游览，便支颐作情态；日未昏，即起入房，阖扉眠矣。未几洪果来款关，朱坚卧不起，洪始去。次夕复然。明日洪让之，朱曰：『独眠习惯，不堪复扰。』日既西，洪入闺坐守之。灭烛登床，如调新妇，绸缪甚欢。更为次夜之约；朱不可长，与洪约以三日为率。

半月许复诣恒娘，恒娘阖门与语曰：『从此可以擅专房矣。然子虽美，不媚也。子之姿，一媚可夺西施[5]之宠，况下者乎！』于是试使睨，曰：『非也！病在外眦。』试使笑，又曰：『非也！病在左颐。』乃以秋波送娇，又冁然瓠犀微露，使朱效之。凡数十作，始略得其仿佛。恒娘曰：『子归矣，揽镜而娴习之，术无余矣。至于床第之间，随机而动之，因所好而投之，此非可以言传者也。』

朱归，一如恒娘教。洪大悦，形神俱惑，惟恐见拒。日将暮，则相对调笑，跬步不离闺闼，日以为常，竟不能推之使去。朱益善遇宝带，每房中之宴，辄呼与共榻坐；而洪视宝带益丑，不终席，遣去之。朱赚夫入宝带房，扃闭之，洪终夜无所沾染。于是宝带恨洪，对人辄怨谤。洪益厌怒之，渐施鞭楚。宝带忿，不自修，拖敝垢履，头类蓬葆，更不复可言人矣。

恒娘一日谓朱曰：『我之术何如？』朱曰：『道则至妙；然弟子能由之，而终不能知之也。纵之，何也？』曰：『子不闻乎：人情厌故而喜新，重难而轻易？丈夫之爱妾，非必其美也，甘其所乍获，而幸其所难遘也。纵而饱之，则珍错亦厌，况藜羹乎！』『毁之而复炫之，何也？』曰：『置不留目，则似久别；忽睹艳妆，则如新至，譬贫人骤得粱肉，则视脱粟[6]非味矣。而又不易与之，则彼故而我新，彼易而我难，此即子易妻为妾之法也。』朱大

悦，遂为闺中密友。

积数年，忽谓朱曰：『我两人情若一体，自当不昧生平。向欲言而恐疑之也；行相别，敢以实告：妾乃狐也。幼遭继母之变，鬻妾都中。良人遇我厚，故不忍遽绝，恋恋以至于今。明日老父尸解，妾往省觐，不复还矣。』朱把手唏嘘。早旦往视，则举家惶骇，恒娘已杳。

异史氏曰：买珠者不贵珠而贵椟：新旧易难之情，千古不能破其惑；而变憎为爱之术，遂得以行乎其间矣。古佞臣事君，勿令人见，勿使窥书。乃知容身固宠，皆有心传也。

注释 ①都中：指京城，此处指北京。②言词轻倩：谓能说会道。倩，美好的姿态。《诗·卫风·硕人》：『巧笑倩兮，美目盼兮。』③尤：怪罪，责怪。④丛驱雀：喻指行为不当，使得事情的结果与愿望相反。《孟子·离娄》：『故为渊驱鱼者，獭也；为丛驱雀者，鹯也；为汤武驱民者，桀与纣也。』此处指妻子的粗暴反而使丈夫更加宠爱小妾。⑤西施：古越国美女，为中国古代四大美女之一。⑥脱粟：糙米饭。



## 葛巾

常大用，洛人，癖好牡丹。闻曹州①牡丹甲齐、鲁，心向往之。适以他事如曹，因假缙绅之园居焉。时方二月，牡丹未华，惟徘徊园中，目注勾萌，以望其拆。作『怀牡丹』诗百绝。未几花渐含苞，而资斧将匮；寻典春衣，流连忘返。一日凌晨趋花所，则一女郎及老妪在焉。疑是贵家宅眷，遂遄返。暮往又见之，从容避去；微窥之，宫妆艳绝。眩迷之中，忽转一想：此必仙人，世上岂有此女子乎！急返身而搜之，骤过假山，适与媪遇。女郎方坐石上，相顾失惊。妪以身幛女，叱曰：『狂生何为！』生长跪曰：『娘子必是仙人！』妪咄之曰：『如此妄言，自当絷送令尹！』生大惧，女郎微笑曰：『去之！』过山而去。

生返，复不能徒步。意女郎归告父兄，必有诟辱相加。偃卧空斋，甚悔孟

浪。窃幸女郎无怒容，或当不复置念。悔惧交集，终夜而病。日已向辰，喜无问罪之师，心渐宁帖。回忆声容，转惧为想。如是三日，憔悴欲死。秉烛夜分，仆已熟眠。妪入，持瓯而进曰：『吾家葛巾娘子，手合鸩汤，其速饮！』生骇然曰：『仆与娘子，夙无怨嫌，何至赐死？既为娘子手调，与其相思而病，不如仰药而死！』遂引而尽之。妪笑接瓯而去。生觉药气香冷，似非毒者。俄觉肺膈宽舒，头颅清爽，酣然睡去。既醒，红日满窗。试起，病若失，心益信其为仙。无可夤缘，但于无人时，虔拜而默祷之。

一日行去，忽于深树内觌面遇女郎，幸无他人，大喜投地②。女郎近曳之，忽闻异香竟体，即以手握玉腕而起，指肤软腻，使人骨节欲酥。正欲有言，老妪忽至。女令隐身石后，南指曰：『夜以花梯度墙，四面红窗者即妾居也。』匆匆而去。生怅然，魂魄飞散，莫知所往。至夜移梯登南垣，则垣下已

葛巾

蘭氣已是降雲來，何必偉源更泛槎。看識秋風團扇冷，不應留子只當花。

有梯在，喜而下，果有红窗。室中闻敲棋声，伫立不敢复前，姑逾垣归。少间再过之，子声犹繁；渐近窥之，则女郎与一素衣美人相对弈，老妪亦在坐，一婢侍焉。又返。凡三往复，漏已三催。生伏梯上，闻妪出云：『梯也，谁置此？』呼婢共移去之。生登垣，欲下无阶，恨悒而返。

次夕复往，梯先设矣。幸寂无人，入，则女郎兀坐若有思者，见生惊起，斜立含羞。生揖曰：『自分福薄，恐于

天人无分，亦有今夕也！」遂狎抱之。纤腰盈掬，吹气如兰，撑拒曰：「何遽尔！」生曰：「好事多磨，迟为鬼妒。」言未已，遥闻人语。女急曰：「玉版妹子来矣！君可姑伏床下。」生从之。无何，一女子入，笑曰：「败军之将，尚可复言战否？业已烹茗，敢邀为长夜之欢。」女郎辞以困惰，玉版固请之，女郎坚坐不行。玉版曰：「如此恋恋，岂藏有男子在室耶？」强拉出门而去。生出恨极，遂搜枕簟。室内并无香奁，惟床头有一水精如意，上结紫巾，芳洁可爱。怀之，越垣归。自理衿袖，体香犹凝，倾慕益切。然因伏床之恐，遂有怀刑之惧，筹思不敢复往，但珍藏如意③，以冀其寻。

隔夕女郎果至，笑曰：「妾向以君为君子，不知其为寇盗也。」生曰：「有之。所以偶不君子者，第望其如意耳。」乃揽体入怀，代解裙结。玉肌乍露，热香四流，偎抱之间，觉鼻息汗熏，无气不馥。因曰：「仆固意卿为仙人，今益知不妄。幸蒙垂盼，缘在三生。但恐杜兰香之下嫁，终成离恨耳。」女笑曰：「君虑亦过。妾不过离魂之倩女，偶为情动耳。此事宜要慎秘，恐是非之口捏造黑白，君不能生翼，妾不能乘风，则祸离更惨于好别矣。」生然之，而终疑为仙，固诘姓氏。女曰：「既以妾为仙，仙人何必以姓名传。」问：「妪何人？」曰：「此桑姥。妾少时受其露覆，故不与婢辈等。」遂起欲去，曰：「妾处耳目多，不可久羁，蹈隙④当复来。」临别，索如意，曰：「此非妾物，乃玉版所遗。」问：「玉版为谁？」曰：「妾叔妹也。」付钩乃去。

去后，衾枕皆染异香。从此三两夜辄一至。生惑之不复思归，而囊橐既空欲货马，女知之，曰：「君以妾故，泻囊质衣，情所不忍。又去代步，千余里将何以归？妾有私蓄，卿可助装。」生辞曰：「感卿情好，抚臆誓肌，不足论报；而又贪鄙以耗卿财，何以为人乎！」女固强之，曰：「姑假君。」遂捉生

臂至一桑树下，指一石曰：『转之！』生从之。又拔头上簪，刺土数十下，又曰：『爬之。』生又从之。则瓮口已见。女探入，出白镪近五十余两，生把臂止之，不听，又出数十铤，生强分其半而后掩之。

一夕谓生曰：『近日微有浮言，势不可长，此不可不预谋也。』生惊曰：『且为奈何！小生素迂谨，今为卿故，如寡妇之失守，不复能自主矣。一惟卿命，刀锯斧钺，亦所不遑顾耳！』女谋偕亡，命生先归，约会于洛。生治任旋里，拟先归而后迎之；比至，则女郎车适已至门。登堂朝家人，四邻惊贺，而并不知其窃而逃也。生窃自危，女殊坦然，谓生曰：『无论千里外非逻察所及，即或知之，妾世家女，卓王孙当无如长卿何也。』

生弟大器，年十七，女顾之曰：『是有慧根⑤，前程尤胜于君。』完婚有期，妻忽夭殒。女曰：『妾妹玉版，君固尝窥见之，貌颇不恶，年亦相若，作夫妇可称佳偶。』生请作伐，女曰：『是亦何难。』生曰：『何术？』曰：『妹与妾最相善。两马驾轻车，费一妪之往返耳。』生恐前情发，不敢从其谋，女曰：『不妨。』即命桑妪遣车去。数日至曹。将近里门，婢下车，使御者止而候于途，乘夜入里。良久偕女子来，登车遂发。昏暮即宿车中，五更复行。女郎计其时日，使大器盛服而迎之。五十里许乃相遇，御轮而归；鼓吹花烛，起拜成礼。由此兄弟皆得美妇，而家又日富。

一日有大寇数十骑突入第。生知有变，举家登楼。寇入围楼。生俯问：『有仇否？』答云：『无仇。但有两事相求：一则闻两夫人世间所无，请赐一见；一则五十八人，各乞金五百。』聚薪楼下，为纵火计以胁之。生允其索金之请，寇不满志，欲焚楼，家人大恐。女欲与玉版下楼，止之不听。炫妆下阶，未尽者三级，谓寇曰：『我姊妹皆仙媛，暂时一履尘世，何畏寇盗！欲

《论语·子罕》：唐棣之华，偏其反而。岂不尔思？室是远而。

赐汝万金，恐汝不敢受也。』寇众一齐仰拜，喏声『不敢』。姊妹欲退，一寇曰：『此诈也！』女闻之，反身伫立，曰：『意欲何作，便早图之！尚未晚也。』诸寇相顾，默无一言。姊妹从容上楼而去。寇仰望无迹，哄然始散。

后二年，姊妹各举一子，始渐自言：『魏姓，母封曹国夫人。』生疑曹无魏姓世家，又且大姓失女，何得置之不问？未敢穷诘，心窃怪之。遂托故复诣曹，入境谘访，世族并无魏姓。于是仍假馆旧主人，忽见壁上有赠曹国夫人诗，颇涉骇异，因诘主人。主人笑，即请往观曹夫人，至则牡丹一本，高与檐等。问所由名，则以其花为曹第一，故同人戏封之。问其『何种』？曰：『葛巾紫⑥也。』愈骇，遂疑女为花妖。既归不敢质言，但述赠夫人诗以觇之。女蹙然变色，遽出呼玉版⑦抱儿至，谓生曰：『三年前感君见思，遂呈身相报；今见猜疑，何可复聚！』因与玉版皆举儿遥掷之，儿堕地并没。生方惊顾，则二女俱渺矣。悔恨不已。后数日，堕儿处生牡丹二株，一夜径尺，当年而花，一紫一白，朵大如盘，较寻常之葛巾、玉版，瓣尤繁碎。数年茂荫成丛，移分他所，更变异种，莫能识其名。自此牡丹之盛，洛下无双焉。

异史氏曰：怀之专一，鬼神可通，偏反者⑧亦不可谓无情也。少府寂寞，以花当夫人；况真能解语，何必力穷其原哉？惜常生之未达也！

注释 ①曹州：清代曹州府。治所在今山东省菏泽县。②投地：伏地，指行大礼。③如意：器物名。一端作灵芝或云朵形，柄微曲，为供玩赏的吉祥器物。④蹈隙：乘机，借机。⑤慧根：佛家用语，指达成功德的根性。⑥葛巾紫：牡丹品种名。⑦玉版：牡丹品种名。⑧偏反者：指花，此处暗指葛巾。《论语·子罕》：『唐棣之华，偏其反而。岂不尔思？室是远而。』

## 黄英

马子才，顺天人。世好菊，至才尤甚，闻有佳种必购之，千里不惮。一日有金陵客寓其家，自言其中表亲有一二种，为北方所无。马欣动，即刻治装，从客至金陵。客多方为之营求，得两芽，裹藏如宝。

归至中途，遇一少年，跨蹇从油碧车，丰姿洒落。渐近与语，少年自言：『陶姓。』谈言骚雅。因问马所自来，实告之。少年曰：『种无不佳，培溉在人。』因与论艺菊之法。马大悦，问：『将何往？』答云：『姊厌金陵，欲卜居于河朔耳。』马欣然曰：『仆虽固贫，茅庐可以寄榻。不嫌荒陋，无烦他适。』陶趋车前向姊咨禀①，车中人推帘语，乃二十许绝世美人也。顾弟言：『屋不厌卑，而院宜得广。』马代诺之，遂与俱归。第南有荒圃，仅小室三四

黃英

千里萍蹤卜隱居酒香菊氣夢醒初良緣應為梅花妒處士風流轉不如

椽，陶喜居之。日过北院为马治菊，菊已枯，拔根再植之，无不活。然家清贫，陶日与马共饮食，而察其家似不举火。马妻吕，亦爱陶姊，不时以升斗馈恤之。陶姊小字②黄英，雅善谈，辄过吕所，与共纫绩。陶一日谓马曰：『君家固不丰，仆日以口腹累知交，胡可为常！为今计，卖菊亦足谋生。』马素介，闻陶言，甚鄙之，曰：『仆以君风流雅士，当能安贫；今作是论，则以东篱为市井，有辱黄花矣。』陶笑曰：

『自食其力不为贪，贩花为业不为俗。人固不可苟求富，然亦不必务求贫也。』马不语，陶起而出。自是马所弃残枝劣种，陶悉掇拾而去。由此不复就马寝食，招之始一至。未几菊将开，闻其门嚣喧如市。怪之，过而窥焉，见市人买花者，车载肩负，道相属也。其花皆异种，目所未睹。心厌其贪，欲与绝；而又恨其私秘佳种，遂款其扉，将就诮让。陶出，握手曳入。见荒庭半亩皆菊畦，数椽之外无旷土。劚去者，则折别枝插补之；其蓓蕾在畦者，罔不佳妙，而细认之，尽皆向所拔弃也。陶入室，出酒馔，设席畦侧，曰：『仆贫不能守清戒，连朝幸得微资，颇足供醉。』少间，房中呼『三郎』，陶诺而去。俄献佳肴，烹饪良精。因问：『贵姊胡以不字？』答云：『时未至。』问：『何时？』曰：『四十三月。』又诘：『何说？』但笑不言，尽欢始散。过宿又诣之，新插者已盈尺矣。大奇之，苦求其术，陶曰：『此固非可言传；且君不以谋生，焉用此？』又数日，门庭略寂，陶乃以蒲席包菊，捆载数车而去。逾岁，春将半，始载南中异卉而归，于都中设花肆，十日尽售，复归艺菊。问之去年买花者，留其根，次年尽变而劣，乃复购于陶。

陶由此日富。一年增舍，二年起夏屋。兴作从心，更不谋诸主人。渐而旧日花畦，尽为廊舍。更于墙外买田一区，筑墉[3]四周，悉种菊。至秋载花去，春尽不归。而马妻病卒。意属黄英，微使人风示之。黄英微笑，意似允许，惟专候陶归而已。年余陶竟不至。黄英课仆[4]种菊，一如陶。得金益合商贾，村外治膏田二十顷，甲第益壮。忽有客自东粤来，寄陶生函信，发之，则嘱姊归马。考其寄书之日，回忆园中之饮，适四十三月也，大奇之。以书示英，请问『致聘何所』。英辞不受采。又以故居陋，欲使就南第居，若赘焉。马不可，择日行亲迎礼。

《淮南子·氾论训》说陈仲子『立节抗行，不入洿君之朝，不食乱世之食，遂饿而死。』



黄英既适马，于间壁开扉通南第，日过课其仆。马耻以妻富，恒嘱黄英作南北籍，以防淆乱。而家所需，黄英辄取诸南第。不半岁，家中触类皆陶家物。马立遣人一一赍还之，戒勿复取。未浃旬又杂之。凡数更，马不胜烦。黄英笑曰：『陈仲子毋乃劳乎？[5]』马惭，不复稽，一切听诸黄英。鸠工庀料[6]，土木大作，马不能禁。经数月，楼舍连垣，两第竟合为一，不分疆界矣。然遵马教，闭门不复业菊，而享用过于世家。马不自安，曰：『仆三十年清德，为卿所累。今视息人间，徒依裙带而食，真无一毫丈夫气矣。人皆祝富，我但祝穷耳！』黄英曰：『妾非贪鄙；但不少致丰盈，遂令千载下人，谓渊明贫贱骨，百世不能发迹，故聊为我家彭泽解嘲耳。然贫者愿富为难，富者求贫固亦甚易。床头金任君挥去之，妾不靳也。』马曰：『捐他人之金，抑亦良丑。』英曰：『君不愿富，妾亦不能贫也。无已，析君居：清者自清，浊者自浊，何害？』乃于园中筑茅茨，择美婢往侍马。马安之。然过数日，苦念黄英。招之不肯至，不得已反就之。隔宿辄至以为常。黄英笑曰：『东食西宿[7]，廉者当不如是。』马亦自笑无以对，遂复合居如初。

会马以事客金陵，适逢菊秋。早过花肆，见肆中盆列甚繁，款朵佳胜，心动，疑类陶制。少间主人出，果陶也。喜极，具道契阔，遂止宿焉。要之归，陶曰：『金陵吾故土，将婚于是。积有薄资，烦寄吾姊。我岁杪当暂去。』马不听，请之益苦。且曰：『家幸充盈，但可坐享，无须复贾。』坐肆中，使仆代论价，廉其直，数日尽售。逼促囊装，赁舟遂北。入门，则姊已除舍，床榻裀褥皆设，若预知弟也归者。陶自归，解装课役，大修亭园，惟日与马共棋酒，更不复结一客。为之择婚，辞不愿。姊遣二婢侍其寝处，居三四年，生一女。陶饮素豪，从不见其沉醉。有友人曾生，量亦无对。适过马，马使与陶相

较饮。二人纵饮甚欢，相得恨晚。自辰以迄四漏，计各尽百壶。曾烂醉如泥，沉睡座间。陶起归寝，出门践菊畦，玉山倾倒，委衣于侧，即地化为菊，高如人；花十余朵，皆大如拳。马骇绝，告黄英。英急往，拔置地上，曰：『胡醉至此！』覆以衣，要马俱去，戒勿视。既明而往，则陶卧畦边。马乃悟姊弟皆菊精也，益敬爱之。而陶自露迹，饮益放，恒自折柬招曾，因与莫逆。值花朝⑧，曾乃造访，以两仆舁药浸白酒一坛，约与共尽。坛将竭，二人犹未甚醉。马潜以一瓶续入之，二人又尽之。曾醉已惫，诸仆负之以去。陶卧地，又化为菊。马见惯不惊，如法拔之，守其旁以观其变。久之，叶益憔悴。大惧，始告黄英。英闻骇曰：『杀吾弟矣！』奔视之，根株已枯。痛绝，掐其梗，埋盆中，携入闺中，日灌溉之。马悔恨欲绝，甚怨曾。越数日，闻曾已醉死矣。盆中花渐萌，九月既开，短干粉朵，嗅之有酒香，名之『醉陶』，浇以酒则茂。后女长成，嫁于世家。黄英终老，亦无他异。



异史氏曰：青山白云人，遂以醉死⑨，世尽惜之，而未必不自以为快也。植此种于庭中，如见良友，如见丽人，不可不物色之也。

注释 ①咨禀：商量。②小字：小名，乳名。③墉：土墙。④课仆：监督仆人。课，督促完成分配的工作。⑤『陈仲子』句：此处调侃马子才过分地追求廉洁。陈仲子，战国齐人。《淮南子·氾论训》说他『立节抗行，不入洿君之朝，不食乱世之食，遂饿而死。』⑥鸠工庀料：招集工匠，准备建筑材料。庀，准备，聚集。⑦东食西宿：《风俗通》：『俗说齐人有女，二人求之。东家子丑而富，西家子好而贫，父母疑而不决，问其女，定所欲适。「难指斥言者，偏袒，令我知之。」女便两袒，怪问其故，云：「欲东家食，西家宿。」』原以此比喻人贪心不足。此处笑马生所谓的『清廉』。⑧花朝：『花朝节』，汉族民间传统节日，相传此日为百花的生日，节期各地不一，一说为阴历二月十五日，一说以二月十二日，一说二月初二日。⑨『青山白云人』二句：据《旧唐书·傅奕传》载，傅奕生平未曾请医服药，年事已高时常醉酒酣卧。一日，忽然自言将死，自己写墓志曰：『傅奕，青山白云人也，因酒醉死。』此处借指大醉的陶生。

## 书痴

彭城①郎玉柱，其先世官至太守，居官廉，得俸不治生产，积书盈屋。至玉柱尤痴。家苦贫，无物不鬻，惟父藏书，一卷不忍置。父在时，曾书『劝学

篇②』粘其座右，郎日讽诵；又幛以素纱，惟恐磨灭。非为干禄③，实信书中真有金粟。昼夜研读，无问寒暑。年二十余，不求婚配，冀卷中丽人自至。见宾亲不知温凉，三数语后，则诵声大作，客逡巡自去。每文宗临试，辄首拔之，而苦不得售。

一日方读，忽大风飘卷去。急逐之，踏地陷足；探之，穴有腐草；掘之，乃古人窖粟，朽败已成粪土。虽不可食，而益信『千锺』之说不妄，读益力。一日梯登高架，于乱卷中得金辇径尺，大喜，以为『金屋』之验。出以示人，则镀金而非真金。心窃怨古人之诳己也。居无何，有父同年，观察是道，性好佛。或劝郎献辇为佛龛。观察大悦，赠金三百、马二匹。郎喜，以为金屋、车马皆有验，因益刻苦。然行年已三十矣。或劝其娶，曰：『「书中自有颜如玉」，我何忧无美妻乎？』又读二三年，迄无效，人咸揶揄之。时民间讹

言：天上织女私逃。或戏郎：『天孙④窃奔，盖为君也。』郎知其戏，置不辩。一夕，读汉书至八卷，卷将半，见纱剪美人夹藏其中。骇曰：『书中颜如玉，其以此验之耶？』心怅然自失。而细视美人，眉目如生；背隐隐有细字云：『织女』。大异之。日置卷上，反复瞻玩，至忘食寝。一日方注目间，美人忽折腰起，坐卷上微笑。郎惊绝，伏拜案下。既起，已盈尺矣。益骇，又叩之。下几亭亭，宛然绝代之姝。拜问：

『何神？』美人笑曰：『妾颜氏，字如玉，君固相知已久。日垂青盼，脱⑤不一至，恐千载下无复有笃信古人者。』郎喜，遂与寝处。然枕席间亲爱倍至，而不知为人。

每读必使女坐其侧。女戒勿读，不听；女曰：『君所以不能腾达者，徒以读耳。试观春秋榜⑥上，读如君者几人？若不听，妾行去矣。』郎暂从之。少顷忘其教，吟诵复起。逾刻索女，不知所在。神志丧失，嘱而祷之，殊无影迹。忽忆女所隐处，取汉书细检之，直至旧处，果得之。呼之不动，伏以哀祝。女乃下曰：『君再不听，当相永绝！』因使治棋枰、樗蒲之具⑦，日与遨戏。而郎意殊不属。觑女不在，则窃卷流览。恐为女觉，阴取汉书第八卷，杂混他所以迷之。一日读酣，女至竟不之觉；忽睹之，急掩卷而女已亡矣。大惧，冥搜诸卷，渺不可得；既，仍于汉书八卷中得之，页数不爽。因再拜祝，矢不复读。

女乃下，与之弈，曰：『三日不工，当复去。』至三日，忽一局赢女二子。女乃喜，授以弦索，限五日工一曲。郎手营目注，无暇他及；久之随手应节，不觉鼓舞。女乃日与饮博，郎遂乐而忘读，女又纵之出门，使结客，由此倜傥之名暴著。女曰：『子可以出而试矣。』

郎一夜谓女曰：『凡人男女同居则生子；今与卿居久，何不然也？』女笑曰：『君日读书，妾固谓无益。今即夫妇一章，尚未了悟，枕席二字有工夫。』郎惊问：『何工夫？』女笑不言。少间潜迎就之。郎乐极曰：『我不意夫妇之乐，有不可言传者。』于是逢人辄道，无有不掩口者。女知而责之，郎曰：『钻穴逾隙者始不可以告人，天伦⑧之乐人所皆有，何讳焉？』过八九月，女果举一男，买媪抚字⑨之。

《史记·秦始皇本纪》《集解》：苏林曰：沮，始也；龙，人君象。谓始皇也。

一日，谓郎曰：『妾从君二年，业生子，可以别矣。久恐为君祸，悔之已晚。』郎闻言泣下，伏不起，曰：『卿不念呱呱者耶？』女亦凄然，良久曰：『必欲妾留，当举架上书尽散之。』郎曰：『此卿故乡，乃仆性命，何出此言！』女不之强，曰：『妾亦知其有数，不得不预告耳。』先是，亲族或窥见女，无不骇绝，而又未闻其缔姻何家，共诘之。郎不能作伪语，但默不言。人益疑，邮传几遍，闻于邑宰史公。史，闽人，少年进士。闻声倾动，窃欲一睹丽容，因而拘郎与女。女闻知遁匿无迹。宰怒，收郎，斥革衣衿，梏械备加，务得女所自往。郎垂死无一言。械其婢，略得道其仿佛。宰以为妖，命驾亲临其家。见书卷盈屋，多不胜搜，乃焚之庭中，烟结不散，暝若阴霾。

郎既释，远求父门人书，得从辨复。是年秋捷，次年举进士。而衔恨切于骨髓。为颜如玉之位，朝夕而祝曰：『卿如有灵，当佑我官于闽。』后果以直指巡闽。居三月，访史恶款，籍其家。时有中表为司理，逼纳爱妾，托言买婢寄署中。案既结，郎即日自劾，取妾而归。



异史氏曰：天下之物，积则招妒，好则生魔，女之妖书之魔也。事近怪诞，治之未为不可；而祖龙之虐⑩不已惨乎！其存心之私，更宜得怨毒之报也。呜呼！何怪哉！

注释 ①彭城：古县名，在今江苏省徐州市。②劝学篇：指宋真宗赵恒所作的《劝学篇》，『富家不用买良田，书中自有千锺粟。安居不用架高堂，书中自有黄金屋。出门莫恨无人随，书中车马多如簇。娶妻莫恨无良媒，书中自有颜如玉。男儿欲遂平生志，六经勤向窗前读。』③干禄：求取禄位。干，求取。④天孙：即织女星。⑤脱：假如。⑥春秋榜：春榜和秋榜，即会试、乡试中试所放之榜。⑦樗蒲之具：泛指赌具。樗蒲，古代的一种博戏。⑧天伦：指父子、兄弟、夫妇等亲属关系。此处指夫妻关系。⑨抚字：抚育，抚养。字，养育。⑩祖龙之虐：指秦始皇焚书坑儒的暴行。此处指邑宰纵火焚书之事。祖龙，秦人对秦始皇的代称。《史记·秦始皇本纪》《集解》：『苏林曰：沮，始也；龙，人君象。谓始皇也。』

## 齐天大圣

许盛，兖①人。从兄成贾于闽，货未居积。客言大圣灵著，将祷诸祠。盛

未知大圣何神，与兄俱往。至则殿阁连蔓，穷极弘丽。入殿瞻仰，神猴首人身，盖齐天大圣孙悟空②云。诸客肃然起敬，无敢有惰容。盛素刚直，窃笑世俗之陋。众焚奠叩祝，盛潜去之。既归，兄责其慢。盛曰：『孙悟空乃丘翁③之寓言，何遂诚信如此？如其有神，刀槊④雷霆，余自受之！』逆旅主人闻呼大圣名，皆摇手失色，若恐大圣闻。盛见其状，益哗辨之，听者皆掩耳而走。

至夜盛果病，头痛大作。或劝诣祠谢，盛不听。未几头小愈，股又痛，竟夜生巨疽，连足尽肿，寝食俱废。兄代祷迄无验；或言：神谴须自祝，盛卒不信。月余疮渐敛，而又一疽生，其痛倍苦。医来，以刀割腐肉，血溢盈碗；恐人神其词，故忍而不呻。又月余始就平复。而兄又大病。盛曰：『何如矣！敬神者亦复如是，足征余之疾非由悟空也。』兄闻其言，益恚，谓神迁怒，责弟不为代祷。盛曰：『兄弟犹手足。前日支体糜烂而不之祷；今岂以手足之病，而易吾守乎？』但为延医锉药⑤，而不从其祷。药下，兄暴毙。

齊天大聖

盛惨痛结于心腹，买棺殓兄已，投祠指神而数之曰：『兄病，谓汝迁怒，使我不能自白。倘尔有神，当今死者复生。余即北面称弟子，不敢有异词；不然，当以汝处三清之法，还处汝身，亦以破吾兄地下之惑。』至夜梦一人招之去，入大圣祠，仰见大圣有怒色，责

《左传·定公四年》：会同难，啧有烦言，莫之治也。注：啧，至也。烦言，忿争。

《左传·昭公十二年》：枚筮之。《疏》：枚，今人数物曰一枚、两枚。枚是筹之名也。

之曰：『因汝无状，以菩萨刀穿汝胫股；犹不自悔，啧有烦言⑥。本宜送拔舌狱⑦，念汝一念刚鲠，姑置宥赦。汝兄病，乃汝以庸医夭其寿数，与人何尤？今不少施法力，益令狂妄者引为口实。』乃命青衣使请命于阎罗。青衣曰：『三日后鬼籍已报天庭，恐难为力。』神取方版，命笔不知何词，使青衣执之而去。良久乃返。成与俱来，并跪堂上。神问：『何迟？』青衣曰：『阎魔不敢擅专，又持大圣旨上咨斗宿⑧，是以来迟。』盛趋上拜谢神恩。神曰：『可速与兄俱去。若能向善，当为汝福。』兄弟悲喜，相将俱归。醒而异之。急起，启材视之，兄果已苏，扶出，极感大圣力。盛由此诚服信奉，更倍于流俗。而兄弟资本，病中已耗其半；兄又未健，相对长愁。

一日偶游郊郭，忽一褐衣人相之曰：『子何忧也？』盛方苦无所诉，因而备述其遭。褐衣人曰：『有一佳境，暂往瞻瞩，亦足破闷。』问：『何所？』但云：『不远。』从之。出郭半里许，褐衣人曰：『予有小术，顷刻可到。』因命以两手抱腰，略一点头，遂觉云生足下，腾踔而上，不知几百由旬⑨。盛大惧，闭目不敢少启。顷之曰：『至矣。』忽见琉璃世界，光明异色，讶问：『何处？』曰：『天宫也。』信步而行，上上益高。遥见一叟，喜曰：『适遇此老，子之福也！』举手相揖。叟邀过诣其所，烹茗献客；止两盏，殊不及盛。褐衣人曰：『此吾弟子，千里行贾，敬造仙署，求少赠馈。』叟命僮出白石一柈⑩，状类雀卵，莹澈如冰，使盛自取之。盛念携归可作酒枚，遂取其六。褐衣人以为过廉，代取六枚付盛并裹之。嘱纳腰橐，拱手曰：『足矣。』辞叟出，仍令附体而下，俄顷及地。盛稽首请示仙号，笑曰：『适即所谓斤斗云也。』盛恍然悟为大圣，又求祐护。曰：『适所会财星，赐利十二分，何须多求。』盛又拜之，起视已渺。

既归，喜而告兄。解取共视，则融入腰橐矣。后辇货而归，其利倍蓰。自此屡至闽必祷大圣。他人之祷时不甚验，盛所求无不应者。

异史氏曰：昔士人过寺，画琵琶于壁而去；比返，则其灵大著，香火相属焉。天下事固不必实有其人，人灵之则既灵焉矣。何以故？人心所聚，而物或托焉耳。若盛之方鲠，固宜得神明之祐，岂真耳内绣针，毫毛能变，足下筋斗，碧落可升哉！卒为邪惑，亦其见之不真也。

注释 ①究：明清府名，今山东省兖州市。②齐天大圣孙悟空：神魔小说《西游记》中的人物。孙悟空在花果山自立为王，自封为『齐天大圣』。③丘翁：指道教全真派创始人丘处机。丘处机，字通密，号长春子，登州栖霞（今山东栖霞县）人。其弟子李志常将丘处机往返西域的经历，写成《长春真人西游记》一书。④槊：长矛。⑤锉药：切药，制药。锉，铡碎。⑥啧有烦言：意谓发生口角。《左传·定公四年》：『会同难，啧有烦言，莫之治也。』注：『啧，至也。烦言，忿争。』⑦拔舌狱：佛教所说的地府十八层地狱之一。⑧斗宿：天上二十八星宿之一。此处指南斗星和北斗星。古人认为，南斗注生，北斗注死。故阎王要请示南斗星和北斗星。⑨由旬：古代印度长度计量单位，也作『俞旬』，为军行一日的路程，或言四十里，或言三十里，或言十六里。⑩柈：盘、碟。酒枚：酒筹，饮酒计数之具。《左传·昭公十二年》：『枚筮之。』《疏》：『今人数物曰一枚、两枚。枚是筹之名也。』



## 青蛙神

江汉之间，俗事蛙神最虔。祠中蛙不知几百千万，有大如笼者。或犯神怒，家中辄有异兆；蛙游几榻，甚或攀缘滑壁，其状不一，此家当凶。人则大恐，斩牲禳祷①之，神喜则已。

楚有薛昆生者，幼惠，美姿容。六七岁时，有青衣媪至其家，自称神使，坐致神意，愿以女下嫁昆生。薛翁性朴拙，雅不欲，辞以儿幼。虽固却之，而亦未敢议婚他姓。迟数年昆生渐长，委禽于姜氏。神告姜曰：『薛昆生吾婿也，何得近禁脔！』姜惧，反其仪。薛翁忧之，洁牲往祷，自言不敢与神相匹偶。祝已，见肴酒中皆有巨蛆浮出，蠢然扰动，倾弃谢罪而归。心益惧，亦姑听之。

一日，昆生在途，有使者迎宣神命，苦邀移趾。不得已，从与俱往。入一

朱门，楼阁华好。有叟坐堂上，类七八十岁人。昆生伏谒，叟命曳起之，赐坐案旁。少间婢媪集视，纷纭满侧。叟顾曰：『人言薛郎至矣。』数婢奔去。移时一媪率女郎出，年十六七，丽绝无俦。叟指曰：『此小女十娘，自谓与君可称佳偶，君家尊乃以异类见拒。此自百年事，父母止主其半，是在君耳。』昆生目注十娘，心爱好之，默然不言。媪曰：『我固知郎意良佳。请先归，当即送十娘往也。』昆生曰：『诺。』趋归告翁。翁仓遽无所为计，乃授之词，使返谢之，昆生不肯行。方诮让间，舆已在门，青衣成群，而十娘入矣。上堂朝见翁姑，见之皆喜。即夕合卺，琴瑟甚谐。由此神翁神媪时降其家。视其衣，赤为喜，白为财，必见，以故家日兴。自婚于神，门堂藩溷②皆蛙，人无敢诟蹴之。惟昆生少年任性，喜则忌，怒则践毙，不甚爱惜。十娘虽谦驯，但含怒，颇不善昆生所为；而昆生不以十娘故敛抑之。十娘语侵昆生，昆生怒曰：

『岂以汝家翁媪能祸人耶？大丈夫何畏蛙也！』十娘甚讳言『蛙』，闻之恚甚，曰：『自妾入门为汝家妇，田增粟，贾增价，亦复不少。今老幼皆已温饱，遂于鸮鸟生翼③，欲啄母睛耶！』昆生益愤曰：『吾正嫌所增污秽，不堪贻子孙。请不如早别。』遂逐十娘，翁媪既闻之，十娘已去。呵昆生，使急往追复之。昆生盛气不屈。至夜母子俱病，郁冒不食。翁惧，负荆于祠，词义殷切。过三日病寻愈。十娘已自至，夫妻欢

好如初。

十娘日辄凝妆坐，不操女红[4]，昆生衣履一委诸母。母一日忿曰：『儿既娶，仍累媪！人家妇事姑，我家姑事妇！』十娘适闻之，负气登堂曰：『儿妇朝侍食，暮问寝，事姑者，其道如何？所短者，不能吝佣钱自作苦耳。』母无言，惭沮自哭。昆生入见母涕痕，诘得故，怒责十娘。十娘执辨不屈。昆生曰：『娶妻不能承欢，不如勿有！便触老蛙怒，不过横灾死耳！』复出十娘。十娘亦怒，出门径去。次日居舍灾，延烧数屋，几案床榻，悉为煨烬。昆生怒，诣祠责数曰：『养女不能奉翁姑，略无庭训，而曲护其短！神者至公，有教人畏妇者耶！且盎盂相敲[5]，皆臣[6]所为，无所涉于父母。刀锯斧钺，即加臣身；如其不然，我亦焚汝居室，聊以相报。』言已，负薪殿下，爇火欲举。居人集而哀之，始愤而归。父母闻之，大惧失色。至夜神示梦于近村，使为婿家营宅。及明赍材鸠工，共为昆生建造，辞之不肯；日数百人相属于道，不数日第舍一新，床幕器具悉备焉。修除甫竟，十娘已至，登堂谢过，言词温婉。转身向昆生展笑，举家变怨为喜。自此十娘性益和，居二年无间言。

十娘最恶蛇，昆生戏函小蛇，绐使启之。十娘变色，诟昆生。昆生亦转笑生嗔，恶相抵。十娘曰：『今番不待相迫逐，请自此绝。』遂出门去。薛翁大恐，杖昆生，请罪于神。幸不祸之，亦寂无音。积有年余，昆生怀念十娘，颇自悔，窃诣神所哀十娘，迄无声应。未几，闻神以十娘字袁氏，中心失望，因亦求婚他族；而历相数家，并无如十娘者，于是益思十娘。往探袁氏，则已垩壁涤庭，候鱼轩矣。心愧愤不能自已，废食成疾。父母忧皇，不知所处。

忽昏愦中有人抚之曰：『大丈夫频欲断绝，又作此态！』开目则十娘也。喜极，跃起曰：『卿何来？』十娘曰：『以轻薄人相待之礼，止宜从父命，另

醮而去。固久受袁家采币，妾千思万思而不忍也。卜吉已在今夕，父又无颜反币，妾亲携而置之矣。适出门，父走送曰：「痴婢！不听吾言，后受薛家凌虐，纵死亦勿归也！」昆生感其义，为之流涕。家人皆喜，奔告翁媪。媪闻之，不待往朝，奔入子舍，执手呜泣。由此昆生亦老成，不作恶虐，于是情好益笃。十娘曰：『妾向以君儇薄，未必遂能相白首，故不欲留孽根于人世；今已靡他，妾将生子。』居无何，神翁神媪着朱袍，降临其家。次日十娘临蓐，一举两男。

由此往来无间。居民或犯神怒，辄先求昆生；乃使妇女辈盛妆入闺，朝拜十娘，十娘笑则解。薛氏苗裔甚繁，人名之『薛蛙子家』。近人不敢呼，远人则呼之。

青蛙神，往往托诸巫以为言。巫能察神嗔喜：告诸信士曰『喜矣』，福则至；『怒矣』，妇子坐愁叹，有废餐者。流俗然哉？抑神实灵，非尽妄也？

有富贾周某性吝啬。会居人敛金修关圣祠，贫富皆与有力，独周一毛所不肯拔。久之工不就，首事者无所为谋。适众赛蛙神，巫忽言：『周将军仓命小神司募政，其取簿籍来。』众从之。巫曰：『已捐者不复强，未捐者量力自注。』众唯唯敬听，各注已。巫视众：『周某在此否？』周方混迹其后，惟恐神知，闻之失色，次且而前。巫指籍曰：『注金百。』周益窘，巫怒曰：『淫债尚酬二百，况好事耶！』盖周私一妇，为夫掩执，以金二百自赎，故讦之也。周益惭惧，不得已，如命注之。

既归告妻，妻曰：『此巫之诈耳。』巫屡索，卒不与。一日方昼寝，忽闻门外如牛喘。视之，则一巨蛙，室门仅容其身，步履蹇缓，塞两扉而入。既入转身卧，以阈承颔，举家尽惊。周曰：『此必讨募金也。』焚香而祝，愿先纳

三十，其余以次赍送，蛙不动；请纳五十，身忽一缩小尺许；又加二十益缩如斗；请全纳，缩如拳，从容出，入墙罅而去。周急以五十金送监造所，人皆异之，周亦不言其故。积数日，巫又言：『周某欠金五十，何不催并？』周闻之，惧，又送十金，意将以次完结。一日夫妇方食，蛙又至，如前状，目作怒。少间登其床，床摇撼欲倾；加喙于枕而眠，腹隆起如卧牛，四隅皆满。周惧，即完百数与之。验之，仍不少动。半日间小蛙渐集，次日益多，穴仓登榻，无处不至；大于碗者，升灶啜蝇，糜烂釜中，以致秽不可食；至三日庭中蠢蠢，更无隙地。一家皇骇，不知计之所出。不得已，请教于巫。巫曰：『此必少之也。』遂祝之，益以二十首始举；又益之起一足；直至百金，四足尽起，下床出门，狼数步，复返身卧门内。周惧，问巫。巫揣其意，欲周即解囊。周无奈何，如数付巫，蛙乃行，数步外身暴缩，杂众蛙中，不可辨认，纷纷然亦渐散矣。



祠既成，开光祭赛，更有所需。巫忽指首事者曰：『某宜出如干数。』共十五人，止遗二人。众祝曰：『吾等与某某，已同捐过。』巫曰：『我不以贫富为有无，但以汝等所侵渔之数为多寡。此等金钱，不可自肥，恐有横灾飞祸。念汝等首事勤劳，故代汝消之也。除某某廉正无苟且外，即我家巫，我亦不少私之，便令先出，以为众倡。』即奔入家，搜括箱椟。妻问之亦不答，尽卷囊蓄而出，告众曰：『某私克银八两，今使倾橐。』与众衡之，秤得六两余，使人志之。众愕然，不敢置辩，悉如数纳入。巫过此茫不自知；或告之，大惭，质衣以盈之。惟二人亏其数，事既毕，一人病月余，一人患疔，医药之费，浮于所欠，人以为私克之报云。

异史氏曰：老蛙司募，无不可与为善之人，其胜刺钉拖索者不既多乎？

又发监守之盗而消其灾，则其现威猛，正其行慈悲也。神矣！

**注释** ①禳祷：祭祀祝祷，祈求消灾免祸。②藩溷：厕所。③「鸮鸟生翼」二句：比喻忘恩负义。鸮鸟，猫头鹰，相传幼鸟长成后，啄食母亲的眼睛而去，后以此喻恶人。④女红：也作「女功」，指妇女所做的针线活。⑤盎盂相敲：比喻家庭中的口角纷争。盎和盂都是盆碗一类的食具。⑥臣：古时与尊者谈话时对自己的谦称。

## 晚霞

五月五日，吴越有斗龙舟之戏：刳木①为龙，绘鳞甲，饰以金碧；上为雕甍朱槛，帆旌皆以锦绣。舟末为龙尾高丈余，以布索引木板下垂。有童坐板上，颠倒滚跌，作诸巧剧。下临江水，险危欲堕。故其购是童也，先以金啖其父母，预调驯之，堕水而死勿悔也。吴门②则载美姬，较不同耳。

镇江有蒋氏童阿端，方七岁，便捷奇巧莫能过，声价益起，十六岁犹用之。至金山下堕水死。蒋媪止此子，哀鸣而已。阿端不自知死，有两人导去，见水中别有天地；回视则流波四绕，屹如壁立。俄入宫殿，见一人兜牟③坐。两人曰：『此龙窝君也。』便使拜伏，龙窝君颜色和霁，曰：『阿端伎巧可入柳条部。』遂引至一所，广殿四合。趋上东廊，有诸少年出与为礼，率十三四岁。即有老妪来，众呼解姥。坐令献技。已，乃教以钱塘飞霆之舞，洞庭和风之乐。但闻鼓钲喤聒，诸院皆响；既而诸院皆息。姥恐阿端不能即娴，独絮絮调拨之；而阿端一过殊已了了。

晚霞

無端幻出空靈境
補㝵情天離恨多
畢竟龍宮何處是
居然選舞又徵歌

姥喜曰：『得此儿，不让晚霞矣！』

明日龙窝君按部，诸部毕集。首按夜叉部，鬼面鱼服，鸣大钲，围四尺许，鼓可四人合抱之，声如巨霆，叫噪不复可闻。舞起则巨涛汹涌，横流空际，时堕一点大如盆，着地消灭。龙窝君急止之，命进乳莺部，皆二八姝丽，笙乐细作，一时清风习习，波声俱静，水渐凝如水晶世界，上下通明。按毕，俱退立西墀下。次按燕子部，皆垂髫人。内一女郎，年十四五已来，振袖倾鬟，作散花舞；翩翩翔起，衿袖袜履间，皆出五色花朵，随风扬下，飘泊满庭。舞毕，随其部亦下西墀。阿端旁睨，雅爱好之，问之同部，即晚霞也。无何，唤柳条部。龙窝君特试阿端。端作前舞，喜怒随腔，俯仰中节。龙窝君嘉其惠悟，赐五文裤褶，鱼须金束发，上嵌夜光珠。阿端拜赐下，亦趋西墀，各守其伍。端于众中遥注晚霞，晚霞亦遥注之。少间，端逡巡出部而北，晚霞亦渐出部而南，相去数武，而法严不敢乱部，相视神驰而已。既按蛱蝶部，童男女皆双舞，身长短、年大小、服色黄白，皆取诸同。诸部按毕，鱼贯而出。柳条在燕子部后，端疾出部前，而晚霞已缓滞在后。回首见端，故遗珊瑚钗，端急内袖中。

既归，凝思成疾，眠餐顿废。解姥辄进甘旨，日三四省，抚摩殷切，病不少瘥。姥忧之，罔所为计，曰：『吴江王寿期已促，且为奈何！』薄暮一童子来，坐榻上与语，自言：『隶蛱蝶部。』从容问曰：『君病为晚霞否？』端惊问：『何知？』笑曰：『晚霞亦如君耳。』端凄然起坐，便求方计。童问：『尚能步否？』答云：『勉强尚能自力。』童挽出，南启一户，折而西，又辟双扉。见莲花数十亩，皆生平地上，叶大如席，花大如盖，落瓣堆梗下盈尺。童引入其中，曰：『姑坐此。』遂去。少时，一美人拨莲花而入，则晚霞也。相

见惊喜，各道相思，略述生平。遂以石压荷盖令侧，雅可幛蔽；又匀铺莲瓣而藉之，忻与狎寝。既订后约，日以夕阳为候，乃别。端归，病亦寻愈。由此两人日以会于莲亩。

过数日，随龙窝君往寿吴江王。称寿已，诸部悉归，独留晚霞及乳莺部一人在宫中教舞。数月更无音耗，端怅望若失。惟解姥日往来吴江府，端托晚霞为外妹，求携去，冀一见之。留吴江门下数日，宫禁严森，晚霞苦不得出，怏怏而返。积月余，痴想欲绝。一日解姥入，戚然相吊曰：『惜乎！晚霞投江矣！』端大骇，涕下不能自止。因毁冠裂服，藏金珠而出，意欲相从俱死。但见江水若壁，以首力触不得入。念欲复还，惧问冠服，罪将增重。意计穷蹇，汗流浃踵。忽睹壁下有大树一章，乃猱攀而上，渐至端杪，猛力跃堕，幸不沾濡，而竟已浮水上。不意之中，恍睹人世，遂飘然泅去。移时得岸，少坐江滨，顿思老母，遂趁舟而去。

抵里，四顾居庐，忽如隔世。次且至家，忽闻窗中有女子曰：『汝子来矣。』音声甚似晚霞。俄，与母俱出，果霞。斯时两人喜胜于悲；而媪则悲疑惊喜，万状俱作矣。初，晚霞在吴江，觉腹中震动，龙宫法禁严，恐旦夕身娩，横遭挞楚，又不得一见阿端，但欲求死，遂潜投江水。身泛起，沉浮波中，有客舟拯之，问其居里。晚霞故吴名妓，溺水不得其尸，自念院[4]不可复投，遂曰：『镇江蒋氏，吾婿也。』客因代贳[5]扁舟，送诸其家。蒋媪疑其错误，女自言不误，因以其情详告媪。媪以其风格婉妙，颇爱悦之。第虑年太少，必非肯终寡也者。而女孝谨，顾家中贫，便脱珍饰售数万。媪察其志无他，良喜。然无子，恐一旦临蓐，不见信于戚里，以谋女。女曰：『母但得真孙，何必求人知。』媪亦安之。

会端至，女喜不自已。媪亦疑儿不死；阴发儿冢，骸骨俱存，因以此诘端。端始爽然自悟；然恐晚霞恶其非人，嘱母勿复言。母然之。遂告同里，以为当日所得非儿尸，然终虑其不能生子。未几竟举一男，捉之无异常儿，始悦。久之，女渐觉阿端非人，乃曰：『胡不早言！凡鬼衣龙宫衣，七七魂魄坚凝，生人不殊矣。若得宫中龙角胶，可以续骨节而生肌肤，惜不早购之也。』

端货其珠，有贾胡出资百万，家由此巨富。值母寿，夫妻歌舞称觞，遂传闻王邸。王欲强夺晚霞。端惧，见王自陈：『夫妇皆鬼。』验之无影而信，遂不之夺。但遣宫人就别院传其技。女以龟溺毁容，而后见之。教三月，终不能尽其技而去。

注释 ①刳木：将整木掏空。②吴门：今江苏省苏州市的别称。因其故地是春秋时吴国京城，故称。③兜牟：头盔。此处指戴着头盔。④院：妓院。⑤贾：雇用。





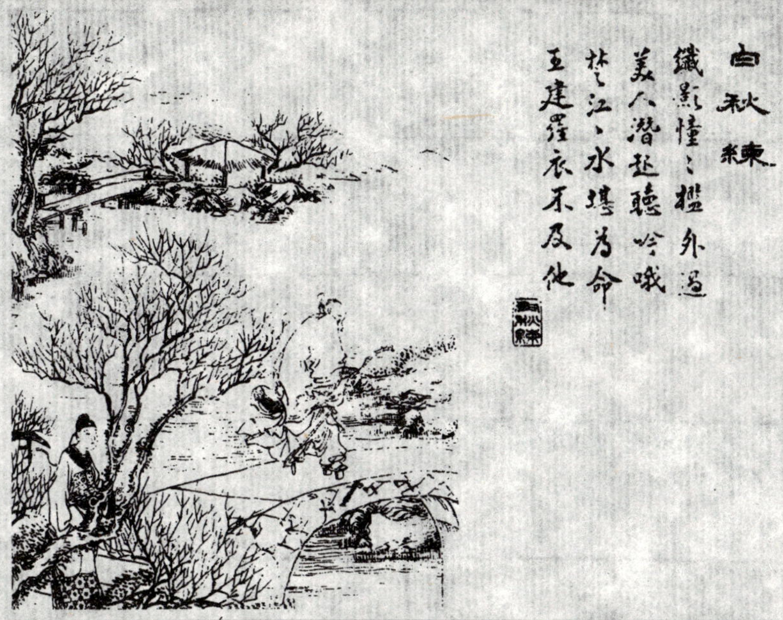


## 白秋练

直隶有慕生，小字蟾宫，商人慕小寰之子。聪惠喜读。年十六，翁以文业迂，使去而学贾，从父至楚。每舟中无事，辄便吟诵。抵武昌，父留居逆旅，守其居积①。生乘父出，执卷哦诗，音节铿锵。辄见窗影憧憧，似有人窃听之，而亦未之异也。

一夕翁赴饮，久不归，生吟益苦。有人徘徊窗外，月映甚悉。怪之，遽出窥觇，则十五六倾城②之妹。望见生，

《汉书·外戚传》：北方有佳人，绝世而独立，一顾倾人城，再顾倾人国。

急避去。又二三日，载货北旋，暮泊湖滨。父适他出，有媪入曰：『郎君杀吾女矣！』生惊问之，答云：『妾白姓。有息女秋练，颇解文字。言在郡城，得听清吟，于今结念，至绝眠餐。意欲附为婚姻，不得复拒。』生心实爱好，第虑父嗔，因直以情告。媪不实信，务要盟约。生不肯，媪怒曰：『人世姻好，有求委禽而不得者。今老身自媒，反不见纳，耻孰甚焉！请勿想北渡矣！』遂去。少间父归，善其词以告之，隐冀垂纳。而父以涉远，又薄女子之怀春也，笑置之。

泊舟处水深没棹；夜忽沙碛拥起，舟滞不得动。湖中每岁客舟必有留住守洲者，至次年桃花水溢，他货未至，舟中物当百倍于原直也，以故翁未甚忧怪。独冀明岁南来，尚须揭资[3]，于是留子自归。生窃喜，悔不诘媪居里。日既暮，媪与一婢扶女郎至，展衣卧诸榻上，向生曰：『人病至此，莫高枕作无



事者！』遂去。生初闻而惊；移灯视女，则病态含娇，秋波自流。略致讯诘，嫣然微笑。生强其一语，曰：『「为郎憔悴却羞郎」，可为妾咏。』生狂喜，欲近就之，而怜其荏弱。探手于怀，接[4]为戏。女不觉欢然展谑，乃曰：『君为妾三吟王建「罗衣叶叶」之作，病当愈。』生从其言。甫两过，女揽衣起曰：『妾愈矣！』再读，则娇颤相和。生神志益飞，遂灭烛共寝。女未曙已起，曰：『老母将至矣。』未几媪果至。见女凝妆欢坐，不觉欣慰；邀女去，女俯首不语。媪即自去，曰：『汝乐与郎君戏，亦自任也。』于是生始研问居止。女曰：『妾与君不过倾盖之交，婚嫁尚未可必，何须令知家门。』然两人互相爱悦，要誓良坚。

女一夜早起挑灯，忽开卷凄然泪莹，生起急问之。女曰：『阿翁行且至。我两人事，妾适以卷卜，展之得李益『江南曲』，词意非祥。』生慰解之，曰：

总角[6]时把柁棹歌，无论微贱，抑亦不贞。』生不语。翁既出，女复来，生述父意。女曰：『妾窥之审矣：天下事，愈急则愈远，愈迎则愈拒。当使意自转，反相求。』生问计，女曰：『凡商贾之志在于利耳。妾有术知物价。适视舟中物，并无少息。为我告翁：居某物利三之；某物十之。归家，妾言验，则妾为佳妇矣。再来时君十八，妾十七，相欢有日，何忧为！』生以所言物价告父。父颇不信，姑以余资半从其教。既归，所自买货，资本大亏；幸少从女言，得厚息，略相准。以是服秋练之神。生益夸张之，谓女自言，能使己富。翁于是益揭资而南。至湖，数日不见白媪；过数日，始见其泊舟柳下，因委禽焉。媪悉不受，但涓吉送女过舟。翁另赁一舟，为子合卺。

女乃使翁益南，所应居货，悉籍付之。媪乃邀婿去，家于其舟。翁三月而返。物至楚，价已倍蓰。将归，女求载湖水；既归，每食必加少许，如用醯[7]酱焉。由是每南行，必为致数坛而归。后三四年，举一子。



一日涕泣思归。翁乃偕子及妇俱入楚。至湖，不知媪之所在。女扣舷呼母，神形丧失。促生沿湖问讯。会有钓鲟鳇者，得白骥。生近视之，巨物也，形全类人，乳阴毕具。奇之，归以告女。女大骇，谓夙有放生愿，嘱生赎放之。生往商钓者，钓者索直昂。女曰：『妾在君家，谋金不下巨万，区区者何遂靳直也！如必不从，妾即投湖水死耳！』生惧，不敢告父，盗金赎放之。既返不见女。搜之不得，更尽始至。问：『何往？』曰：『适至母所。』问：『母何在？』腆然曰：『今不得不实告矣：适所赎，即妾母也。向在洞庭，龙君命司行旅。近宫中欲选嫔妃，妾被浮言者所称道，遂敕妾母，坐相索。妾母实奏之。龙君不听，放母于南滨，饿欲死，故罹前难。今难虽免，而罚未释。君如爱妾，代祷真君可免。如以异类见憎，请以儿掷还君。妾自去，龙宫之

『闭扉矣。』生立窗外，似将有言，盛乃去。云栖隔窗曰：『人皆以妾为饵钓君也。频来则身命殆矣。妾不能终守清规，亦不敢遂乖廉耻，欲得如潘郎者事之耳。』生乃以白头相约。云栖曰：『妾师抚养，即亦非易，果相见爱，当以二十金赎妾身。妾候君三年。如望为桑中之约，所不能也。』生诺之。方欲自陈，而盛复至，从与俱出，遂别归。

中心怊怅，思欲委曲夤缘，再一亲其娇范，适有家人报父病，遂星夜而还。无何，孝廉卒。夫人庭训最严，心事不敢使知，但刻减金资日积之。有议婚者，辄以服阕为辞。母不听。生婉告曰：『曩在黄冈，外祖母欲以婚陈氏，诚心所愿。今遭大故，音耗遂梗，久不如黄省问；旦夕一往，如不果谐，从母所命。』夫人许之。乃携所积而去。

至黄诣庵中，则院宇荒凉，大异畴昔。渐入之，惟一老尼炊灶下，因就问。尼曰：『前年老道士死，「四云」星散矣。』问：『何之？』曰：『云深、云栋，从恶少去；向闻云栖寓居郡北；云眠消息不知也。』生闻之悲叹。命驾即诣郡北，遇观辄询，并少踪迹。怅恨而归，伪告母曰：『舅言：陈翁如岳州，待其归，当遣诗来。』

逾半年夫人归宁，以事问母，母殊茫然。夫人怒子诳；媪疑甥与舅谋，而未以问也。幸舅出莫从稽其妄。夫人以香愿登莲峰。斋宿山下。既卧，逆旅主人扣扉，送一女道士寄宿同舍，自言：『陈云栖。』闻夫人家夷陵，移坐就榻，告诉坎坷，词旨悲恻。末言：『有表兄潘生，与夫人同籍，烦嘱子侄辈一传口语，但道其寄栖鹤观师叔王道成所。朝夕厄苦，度日如岁。令早一临存；恐过此以往，未之或知也。』夫人审名字，即又不知。但云：『既在学宫，秀才辈想无不闻也。』未明早别，殷殷再嘱。

夫人既归，向生言及。生长跪曰：『实告母：所谓潘生即儿也。』夫人既知其故，怒曰：『不肖儿！宣淫寺观，以道士为妇，何颜见亲宾乎！』生垂头，不敢出词。会生以赴试入郡，窃命舟访王道成。至，则云栖半月前出游不返。既归，悒悒而病。

适臧媪卒，夫人往奔丧，殡后迷途，至京氏家，问之，则族妹也。相便邀入。见有少女在堂，年可十八九，姿容曼妙，目所未睹。夫人每思得一佳妇，俾子不怼，心动，因诘生平。妹云：『此王氏女也，京氏甥也。怙恃俱失，暂寄此耳。』问：『婿家谁？』曰：『无之。』把手与语，意致娇婉，母大悦，为之过宿，私以己意告妹。妹曰：『良佳。但其人高自位置，不然，胡蹉跎至今也。容商之。』夫人招与同榻，谈笑甚欢，自愿母夫人。夫人悦，请同归荆州，女益喜。



次日同舟而还。既至，则生病未起，母慰其沉疴，使婢阴告曰：『夫人为公子载丽人至矣。』生未信，伏窗窥之，较云栖尤艳绝也。因念：三年之约已过，出游不返，则玉容必已有主。得此佳丽，心怀颇慰。于是辗然动色，病亦寻瘳。母乃招两人相拜见。生出，夫人谓女：『亦知我同归之意乎？』女微笑曰：『妾已知之。但妾所以同归之初志，母不知也。妾少字夷陵潘氏，音耗阔绝，必已另有良匹。果尔，则为母也妇；不尔，则终为母也女，报母有日也。』夫人曰：『既有成约，即亦不强。但前在五祖山时，有女冠问潘氏，今又潘氏，固知夷陵世族无此姓也。』女惊曰：『卧莲峰下者母耶？询潘氏者即我是也。』母始恍然悟，笑曰：『若然，则潘生固在此矣。』女问：『何在？』夫人命婢导去问生，生惊曰：『卿云栖耶？』女问：『何如？』生言其情，始知以潘郎为戏。女知为生，羞与终谈，急返告母。母问其。『何复姓王』。答

云：『妾本姓王。道师见爱，遂以为女，从其姓耳。』夫人亦喜，涓吉为之成礼。先是，女与云眠俱依王道成。道成居隘，云眠遂去之汉口。女娇痴不能作苦，又羞出操道士业，道成颇不善之。会京氏如黄冈，女遇之流涕，因与俱去，俾改女子装，将论婚士族，故讳其曾隶道士籍。而问名者女辄不愿，舅及姑妗皆不知意向，心厌嫌之。是日从夫人归，得所托，如释重负焉。合卺后各述所遭，喜极而泣。女孝谨，夫人雅怜爱之；而弹琴好弈，不知理家人生业，夫人颇以为忧。

积月余，母遣两人如京氏，留数日而归，泛舟江流，一舟过，中一女冠，近之则云眠也。云眠独与女善。女喜，招与同舟，相对酸辛。问：『将何之？』盛云：『久切悬念。远至栖鹤观，则闻依京舅矣。故将诣黄冈一奉探耳。竟不知意中人已得相聚。今视之如仙，剩此漂泊人，不知何时已矣！』因



而欷隻。女设一谋，令易道装，伪作姊，携伴夫人，徐择佳偶。盛从之。

既归，女先白夫人，盛乃入。举止大家；谈笑间，练达世故。母既寡苦寂，得盛良欢，惟恐其去。盛早起代母劬劳，不自作客。母益喜，阴思纳女姊，以掩女冠之名，而未敢言也。一日忘某事未作，急问之，则盛代备已久。因谓女曰：『画中人不能作家，亦复何为。新妇若大姊者，吾不忧也。』不知女存心久，但恐母嗔。闻母言，笑对曰：『母既爱之，新妇欲效英、皇，何如？』母不言，亦辗然笑。女退，告生曰：『老母首肯矣。』乃另洁一室，告曰：『昔在观中共枕时，姊言：「但得一能知亲爱之人，我两人当共事之。」犹忆之否？』盛不觉双眦荧荧，曰：『妾所谓亲爱者非他，如日日经营，曾无一人知其甘苦；数日来，略有微芳，即烦老母恤念，则中心冷暖顿殊矣。若不下逐客令，俾得长伴老母，于愿斯足，亦不望前言之践也。』女告母。母今

徐广《弹棋经》：弹棋二人对局，黑白各六子，先列棋相当，下呼上击之。

李肇《国史补》卷下《叙博长行戏》：博徒强名争胜谓之撩零。

姊妹焚香，各矢无悔词，乃使生与行夫妇礼。将寝，告生曰：『妾乃二十三岁老处女也。』生犹未信。既而落红殷褥，始奇之。盛曰：『妾所以乐得良人者，非不能甘岑寂也；诚以闺阁之身，腼然酬应如勾栏，所不堪耳。借此一度，挂名君籍，当为君奉事老母，作内纪纲，若房闱之乐，请别与人探讨之。』三日后，袱被从母，遣之不去。女早诣母所，占其床寝，不得已，乃从生去。由是三两日辄一更代，习为常。

夫人故善弈，自宴居，不暇为之。自得盛，经理井井，昼日无事，辄与女弈。挑灯瀹茗，听两妇弹琴，夜分始散。每与人曰：『儿父在时，亦未能有此乐也。』盛司出纳，每纪籍报母。母疑曰：『儿辈常言幼孤，作字弹棋②，谁教之？』女笑以实告。母亦笑曰：『我初不俗为儿娶一道士，今竟得两矣。』忽忆童时所卜，始信定数不可逃也。生再试不第。夫人曰：『吾家虽不丰，薄

田三百亩，幸得云眠纪理，日益温饱。儿但在膝下，率两妇与老身共乐，不愿汝求富贵也。』生从之。后云眠生男女各一，云栖女一男三。母八十余岁而终。孙皆入泮；长孙，云眠所出，已中乡选矣。

注释 ①夷陵：州名，在今湖北省宜昌市。②弹棋：汉魏时流行的一种博戏。徐广《弹棋经》：『弹棋二人对局，黑白各六子，先列棋相当，下呼上击之。』至宋代时已失传。此处指弹琴，下棋。

## 王大

李信，博徒也。昼卧，忽见昔年博友王大、冯九来邀与敖戏①，李亦忘其为鬼，忻然从之。既出，王大往邀村中周子明，冯乃导李先行，入村东庙中。少顷周果同王至，冯出叶子②约与撩零③。李曰：『仓卒无博资，辜负盛邀，奈何？』周亦云然。王云：『燕子谷黄八官人放利债，同往贷之，宜必诺允。』于是四人并去。

飘忽间至一大村，村中甲第连垣，王指一门，曰：『此黄公子家。』内一老仆出，王告以意，仆即入白。旋出，奉公子命请王、李相会。入见公子，年十八九，笑语蔼然。便以大钱④一提付李，曰：『知君悫直⑤，无妨假贷；周子明我不能信之也。』王委曲代为请。公子要李署保，李不肯。王从旁怂恿之，李乃诺。亦授一千而出。便以付周，且述公子之意，以激其必偿。

出谷，见一妇人来，则村中赵氏妻，素喜争善骂。冯曰：『此处无人，悍妇宜小祟之。』遂与捉返入谷。妇大号，冯掬土塞其口。周赞曰：『此等妇，只宜阴中！』冯乃捋裤，以长石强纳之，妇若死。众乃散去，复入庙，相与赌博。

自午至夜分，李大胜，冯、周资皆空。李因以厚资增息悉付王，使代偿黄公子；王又分给周、冯，局复合。居无何闻人声纷，一人奔入曰：『城隍老





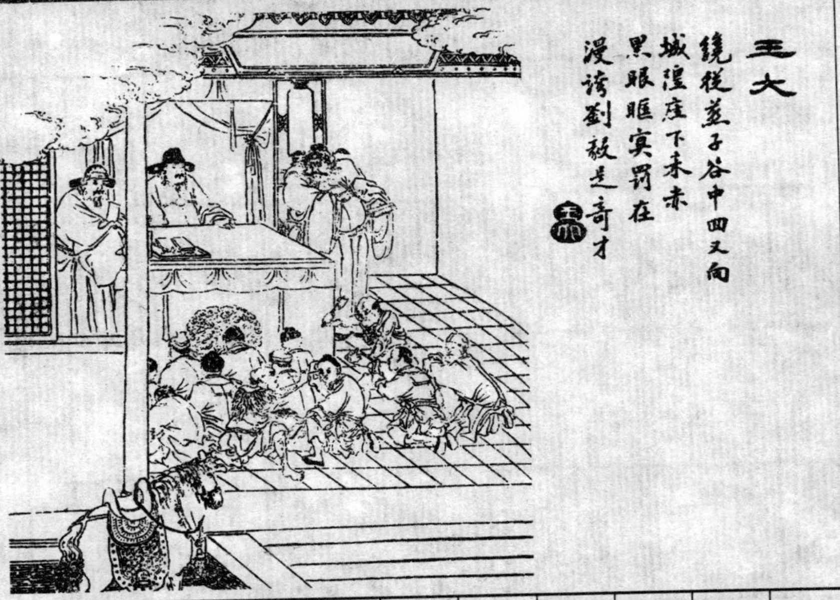


爷亲捉博者，今至矣！』众失色。李舍钱逾垣而逃。众顾资皆被缚。既出，果见一神人坐马上，马后絷博徒二十余人。天未明已至邑城，门启而入。至衙署，城隍南面坐，唤人犯上，执籍呼名。呼已，并令以利斧斫去将指，乃以墨朱各涂两目，游市三周讫。押者索贿而后去其墨朱，众皆赂之。独周不肯，辞以囊空；押者约送至家而后酬之，亦不许。押者指之曰：『汝真铁豆，炒之不能爆也！』遂拱手去。周出城，以

唾湿袖，且行且拭。及河自照，墨朱未去，掬水盥之，坚不可下，悔恨而归。

先是，赵氏妇以故至母家，日暮不归，夫往迎之，至谷口，见妇卧道周。睹状，知其遇鬼，去其泥塞，负之而归。渐醒能言，始知阴中有物，宛转抽拔而出。乃述其遭。赵怒，遽赴邑宰，讼李及周。牒下，李初醒；周尚沉睡，状类死。宰以其诬控，笞赵械妇，夫妻皆无理以自申。

越日周醒，目眶忽变一赤一黑，大呼指痛。视之筋骨已断，惟皮连之，数日寻堕。目上墨朱，深入肌理。见者无不掩笑。一日见王大来索负。周厉声但言无钱，王忿而去。家人问之，始知其故。共以神鬼无情，劝偿之。周龈龈⑥不可，且曰：『今日官宰皆左袒赖债者，阴阳应无二理，况赌债耶！』次日有二鬼来，谓黄公子具呈在邑，拘赴质审；李信亦见隶来取作间证，二人一时并死。至村外相见，王、冯俱在。李谓周曰：『君尚带赤墨眼，敢见官耶？』周仍以前言告。李知其吝，乃曰：『汝既昧心，我请见黄八官人，为汝还之。』遂共诣公子所。李入而告以故，公子不可，曰：『负欠者谁，而取偿于子？』出以告周，因谋出资，假周进之。周益忿，语侵公子。

鬼乃拘与俱行。无何至邑，入见城隍。城隍呵曰：『无赖贼！涂眼犹在，又赖债耶！』周曰：『黄公子出利债诱某博赌，遂被惩创。』城隍唤黄家仆上，怒曰：『汝主人开场诱赌，尚讨债耶？』仆曰：『取资时，公子不知其赌。公子家燕子谷，捉获博徒在观音庙，相去十余里。公子从无设局场之事。』城隍顾周曰：『取资悍不还，反被捏造！人之无良，至汝而极！』欲笞之。周又诉其息重，城隍曰：『偿几分矣？』答云：『实尚未有所偿。』城隍怒曰：『本资尚欠，而论息耶？』答三十，立押偿主。二鬼押至家，索贿，不令即活，缚诸厕内，令示梦家人。家人焚楮锭二十提，火既灭，化为金二两、钱二千。

周乃以金酬债，以钱赂押者，遂释令归。

既苏，臀疮坟起，脓血崩溃，数月始痊。后赵氏妇不敢复骂；而周以四指带赤墨眼，赌如故。此以知博徒之非人矣！

异史氏曰：世事之不平，皆由为官者矫枉之过正也。昔日富豪以倍称之息折夺良家子女，人无敢言者；不然，函刺一投，则官以三尺法左袒之。故昔之民社官，皆为势家役耳。迨后贤者鉴其弊，又悉举而大反之。有举人重资作巨商者，衣锦厌粱肉，家中起楼阁、买良沃。而竟忘所自来。一取偿则怒目相向。质诸官，官则曰：「我不为人役也。」是何异懒残和尚，无工夫为俗人拭泪哉！余尝谓昔之官谄，今之官谬；谄者固可诛，谬者亦可恨也。放资而薄其息，何尝专有益于富人乎？

张石年宰淄川，最恶博。其涂面游城亦如冥法，刑不至堕指，而赌以绝。盖其为官甚得钩距法。方簿书旁午⑦时，每一人上堂，公偏暇，里居、年齿、家口、生业，无不絮絮问。问已，始劝勉令去，有一人完税一缴单，自分无事，呈单欲下。公止之。细问一过，曰：「汝何博也？」其人力辩生平不解博。公笑曰：「腰中尚有博具。」搜之果然。人以为神，而并不知其何术。

注释 ①敖戏：游戏。此处指赌博。敖，出游，闲游。②叶子：纸牌。明代称玩纸牌为叶子戏。③撩零：赌徒相争求胜。唐李肇《国史补》卷下《叙博长行戏》：『博徒强名争胜谓之撩零。』④大钱：面值大的钱币。清康熙年间铸大制钱、小制钱。大制钱又称大钱，每千文作银一两；小制钱又称小钱，每千文作银七钱。⑤悫直：忠厚耿直。⑥龈龈：争辩的样子。⑦旁午：纵横纷乱的样子。此处指事物繁杂。

## 香玉

劳山下清宫，耐冬①高二丈，大数十围，牡丹高丈余，花时璀璨似锦。胶州黄生舍读其中。一日自窗中见女郎，素衣掩映花间。心疑观中焉得此，趋出已遁去。自此屡见之。遂隐身丛树中以伺其至。未几，女郎又偕一红裳者来，

花妖也，怅惋不已。过数日闻蓝氏移花至家，日就萎悴。恨极，作哭花诗五十首，日日临穴涕洟。

一日凭吊方返，遥见红衣人挥涕穴侧。从容近就，女亦不避。生因把袂，相向汍澜[3]。已而挽请入室，女亦从之。叹曰：『童稚姊妹，一朝断绝！闻君哀伤，弥增妾恸。泪堕九泉，或当感诚再作；然死者神气已散，仓卒何能与吾两人共谈笑也。』生曰：『小生薄命，妨害情人，当亦无福可消双美。曩频烦香玉道达微忱，胡再不临？』女曰：『妾以年少书生，什九薄幸；不知君固至情人也。然妾与君交，以情不以淫。若昼夜狎昵，则妾所不能矣。』言已告别。生曰：『香玉长离，使人寝食俱废。赖卿少留，慰此怀思，何决绝如此！』女乃止，过宿而去。数日不复至。冷雨幽窗，苦怀香玉，辗转床头，泪凝枕席。揽衣更起，挑灯复踵前韵曰：『山院黄昏雨，垂帘坐小窗。相思人不见，中夜泪双双。』诗成自吟。忽窗外有人曰：『作者不可无和。』听之，绛雪也。启户内之。女视诗，即续其后曰：『连袂人何处？孤灯照晚窗。空山人一个，对影自成双。』生读之泪下，因怨相见之疏。女曰：『妾不能如香玉之热，但可少慰君寂寞耳。』生欲与狎。曰：『相见之欢，何必在此。』

于是至无聊时，女辄一至。至则宴饮唱酬，有时不寝遂去，生亦听之。谓曰：『香玉吾爱妻，绛雪吾良友也。』每欲相问：『卿是院中第几株？乞早见示，仆将抱植家中，免似香玉被恶人夺去，贻恨百年。』女曰：『故土难移，告君亦无益也。妻尚不能终从，况友乎！』生不听，捉臂而出，每至壮丹下，辄问：『此是卿否？』女不言，掩口笑之。旋生以腊归过岁。至二月间，忽梦绛雪至，愀然曰：『妾有大难！君急往尚得相见；迟无及矣。』醒而异之，急命仆马，星驰至山。则道士将建屋，有一耐冬，碍其营造，工师将纵斤矣。

生急止之。入夜，绛雪来谢。生笑曰：『向不实告，宜遭此厄！今已知卿；如卿不至，当以艾炷相炙。』女曰：『妾固知君如此，曩故不敢相告也。』坐移时，生曰：『今对良友，益思艳妻。久不哭香玉，卿能从我哭乎？』二人乃往，临穴洒涕。更余，绛雪收泪劝止。

又数夕，生方寂坐，绛雪笑入曰：『报君喜信：花神感君至情，俾香玉复降宫中。』生问：『何时？』答曰：『不知，约不远耳。』天明下榻，生嘱曰：『仆为卿来，勿长使人孤寂。』女笑诺。两夜不至。生往抱树，摇动抚摩，频唤无声。乃返，对灯团艾，将往灼树。女遽入，夺艾弃之，曰：『君恶作剧，使人创，当与君绝矣！』生笑拥之。坐未定，香玉盈盈而入。生望见，泣下流离，急起把握。香玉以一手握绛雪，相对悲哽。及坐，生把之觉虚，如手自握，惊问之，香玉泫然④曰：『昔，妾花之神，故凝；今，妾花之鬼，故散也。今虽相聚，勿以为真，但作梦寐观可耳。』绛雪曰：『妹来大好！我被




汝家男子纠缠死矣。』遂去。

香玉款笑如前；但偎傍之间，仿佛以身就影。生悒悒不乐。香玉亦俯仰自恨，乃曰：『君以白蔹屑，少杂硫黄，日酹妾一杯水，明年此日报君恩。』别去。明日往观故处，则牡丹萌生矣。生乃日加培植，又作雕栏以护之。香玉来，感激倍至。生谋移植其家，女不可，曰：『妾弱质，不堪复戕。且物生各有定处，妾来原不拟生君家，违之反促年寿。但相怜爱，合好自有日耳。』生恨绛雪不至。香玉曰：『必欲强之使来，妾能致之。』乃与生挑灯至树下，取草一茎，布掌作度，以度树本，自下而上至四尺六寸，按其处，使生以两爪齐搔之。俄见绛雪从背后出，笑骂曰：『婢子来，助桀为虐耶！』牵挽并入。香玉曰：『姊勿怪！暂烦陪侍郎君，一年后不相扰矣。』从此遂以为常。

生视花芽，日益肥茂，春尽，盈二尺许。归后，以金遗道士，嘱令朝夕培养之。次年四月至宫，则花一朵含苞未放；方流连间，花摇摇欲拆；少时已开，花大如盘，俨然有小美人坐蕊中，裁三四指许；转瞬飘然欲下，则香玉也。笑曰：「妾忍风雨以待君，君来何迟也！」遂入室。绛雪亦至，笑曰：「日日代人作妇，今幸退而为友。」遂相谈宴。至中夜，绛雪乃去，二人同寝，款洽一如从前。后生妻卒，生遂入山不归。是时牡丹已大如臂。生每指之曰：「我他日寄魂于此，当生卿之左。」二女笑曰：「君勿忘之。」

后十余年，忽病。其子至，对之而哀。生笑曰：「此我生期，非死期也，何哀为！」谓道士曰：「他日牡丹下有赤芽怒生，一放五叶者，即我也。」遂不复言。子舆之归家，即卒。次年，果有肥芽突出，叶如其数。道士以为异，益灌溉之。三年，高数尺，大拱把，但不花。老道士死，其弟子不知爱惜，斫



去之。白牡丹亦憔悴死；无何耐冬亦死。

异史氏曰：情之至者，鬼神可通。花以鬼从，而人以魂寄，非其结于情者深耶？一去而两殉之，即非坚贞，亦为情死矣。人不能贞，亦其情之不笃耳。仲尼读唐棣而曰「未思」，信矣哉！

注释 ①耐冬：络石的俗名，常绿木本植物，质坚韧，初夏开花。②落落：孤傲不凡。③澜：流泪的样子。④泫然：伤心流泪的样子。

## 大男

奚成列，成都①士人也。有一妻一妾。妾何氏，小字昭容。妻早没，继娶申氏，性妒，虐遇何，且并及奚；终日哓聒，恒不聊生。奚怒亡去；去后何生一子大男。奚去不返，申摈何不与同炊，计日授粟。大男渐长，用不给，何纺绩佐食。大男见塾中诸儿吟诵，亦欲读。母以其太稚，姑送诣读。大男慧，

所读倍诸儿。师奇之，愿不索束脩。何乃使从师，薄相酬。积二三年，经书②全通。

一日归，谓母曰：『塾中五六人，皆从父乞钱买饼，我何独无？』母曰：『待汝长，告汝知。』大男曰：『今方七八岁，何时长也？』母曰：『汝往塾，路经关帝庙，当拜之，祐汝速长。』大男信之，每过必入拜。母知之，问曰：『汝所祝何词？』笑云：『但祝明年便使我十六七岁。』母笑之。然大男学与躯长并速：至十岁，便如十三四岁者；其所为文竟成章。一日谓母曰：『昔谓我壮大，当告父处，今可矣。』母曰：『尚未，尚未。』又年余居然成人，研诘益频，母乃缅述之。大男悲不自胜，欲往寻父。母曰：『儿太幼，汝父存亡未知，何遽可寻？』大男无言而去，至午不归。往塾问师，则辰餐未复。母大惊，出资佣役，到处冥搜，杳无踪迹。

大男出门，循途奔去，茫然不知何往。适遇一人将如夔州，言姓钱。大男丐食相从。钱病其缓，为赁代步，资斧耗竭。至夔同食，钱阴投毒食中，大男瞑不觉。钱载至大刹，托为己子，偶病绝资，卖诸僧。僧见其丰姿秀异，争购之。钱得金竟去。僧饮之，略醒。长老知而诣视，奇其相，研诘始得颠末。甚怜之，赠资使去。有泸州蒋秀才下第归，途中问得故，嘉其孝，携与同行。至泸，主其家。月余，遍加谘访。或言

闽商有奚姓者，乃辞蒋，欲之闽。蒋赠以衣履，里党皆敛资助之。途遇二布客，欲往福清，邀与同侣。行数程，客窥囊金，引至空所，挚其手足，解夺而去。适有永福陈翁过其地，脱其缚，载归其家。翁豪富，诸路商贾，多出其门，翁嘱南北客代访奚耗。留大男伴诸儿读。大男遂住翁家，不复游。然去家愈远，音梗矣。

何昭容孤居三四年，申氏减其费，抑勒令嫁。何志不摇。申强卖于重庆贾，贾劫取而去。至夜，以刀自贾不敢逼，俟创瘥，又转鬻于盐亭贾。至盐亭，自刺心头，洞见脏腑。贾大惧，敷以药，创平，求为尼。贾曰：『我有商侣，身无淫具，每欲得一人主缝纫。此与作尼无异，亦可少偿吾值。』何诺。贾舆送去。入门，主人趋出，则奚生也。盖奚已弃儒为商，贾以其无妇，故赠之也。相见悲骇，各述苦况，始知有儿寻父未归。奚乃嘱诸客旅，侦察大男。而昭容遂以妾为妻矣。





然自历艰苦，痌痛多疾，不能操作，劝奚纳妾。奚鉴前祸，不从所请。何曰：『妾如争床笫者，数年来固已从人生子，尚得与君有今日耶？且人加我者，隐痛在心，岂及诸身而自蹈之？』奚乃嘱客侣，为买三十余老妾。逾半年客果为买妾归，入门则妻申氏。各相骇异。先是申独居年余，兄苞劝令再适。申从之，惟田产为子侄所阻不得售。鬻诸所有，积数百金，携归兄家。有保宁贾，闻其富有奁资，以多金啖苞赚娶之。而贾老废不能人。申怨兄，不安于室，悬梁投井，不堪其扰。贾怒，搜括其资，将卖作妾。闻者皆嫌其老。贾将适夔，乃载与俱去。遇奚同肆，适中其意，遂货之而去。既见奚，惭惧不出一语。奚问同肆商，略知梗概，因曰：『使遇健男，则在保宁，无再见之期，此亦数也。然今日我买妾，非娶妻，可先拜昭容，修嫡庶礼。』申耻之。奚曰：

《圆觉经》：一切众生从无始来，种种颠倒，犹如迷人四方易处。

『昔日汝作嫡，何如哉！』何劝止之。奚不可，操杖临逼，申不得已，拜之。然终不屑承奉，但操作别室，何悉优容之，亦不忍课其勤惰。奚每与昭容谈宴，辄使役使其侧；何更代以婢，不听前。

会陈公嗣宗宰盐亭。奚与里人有小争，里人以逼妻作妾揭讼奚。公不准理，叱逐之。奚喜，方与何窃颂公德。一漏既尽，僮呼叩扉，入报曰：『邑令公至。』奚骇极，急觅衣履，则公已至寝门；益骇，不知所为。何审之，急出曰：『是吾儿也！』遂哭。公乃伏地悲咽。盖大男从陈公姓，业为官矣。初，公至自都，迂道过故里，始知两母皆醮，伏膺哀痛③。族人知大男已贵，反其田庐。公留仆营造，冀父复还。既而授任盐亭，又欲弃官寻父，陈翁苦劝止之。会有卜者，使筮焉。卜者曰：『小者居大，少者为长；求雄得雌，求一得两，为官吉。』公乃之任。为不得亲，居官不茹荤酒。是日得里人状，睹奚姓名，疑之。阴遣内使细访，果父。乘夜微行而出。见母，益信卜者之神。临去嘱勿播，出金二百，启父办装归里。

父抵家，门户一新，广畜仆马，居然大家矣。申见大男贵盛，益自敛。兄苞不愤，讼官，为妹争嫡。官廉得其情，怒曰：『贪资劝嫁，已更二夫，尚何颜争昔年嫡庶耶！』重笞苞。由此名分益定。而申妹何，何姊之。衣服饮食，悉不自私。申初惧其复仇，今益愧悔。奚亦忘其旧恶，俾内外皆呼以太母，但诰命不及耳。

异史氏曰：颠倒众生④，不可思议，何造物之巧也！奚生不能自立于妻妾之间，一碌碌庸人耳。苟非孝子贤母，乌能有此奇合，坐享富贵以终身哉！



注释 ①成都：今四川省成都市。②经书：指儒家经书，即《诗》、《书》、《礼》、《乐》、《易》和《春秋》。③伏膺哀痛：内心极其悲痛。伏膺，同「服膺」，牢记于心。④颠倒众生：佛家称人世。《圆觉经》：「一切众生从无始来，种种颠倒，犹如迷人四方易处。」

《史记·廉颇蔺相如列传》：廉颇闻之，肉袒负荆，因宾客至蔺相如门谢罪。

## 曾友于

曾翁，昆阳①故家也。翁初死未殓，两眶中泪出如沈，有子六，莫解所以。次子悌，字友于，邑名士，以为不祥，戒诸兄弟各自惕，勿贻痛于先人；而兄弟半迂笑之。

先是翁嫡配生长子成，至七八岁，母子为强寇掳去。娶继室，生三子：曰孝，曰忠，曰信。妾生三子：曰悌，曰仁，曰义。孝以悌等出身贱，鄙不齿，因连结忠、信为党。即与客饮，悌等过堂下，亦傲不为礼。仁、义皆忿，与友于谋欲相仇。友于百词宽譬②，不从所谋；而仁、义年最少，因兄言亦遂止。

孝有女适邑周氏，病死。纠悌等往挞其姑，悌不从。孝愤然，令忠、信合族中无赖子，往捉周妻，搒掠无算，抛粟毁器，盎盂无存。周告官。官怒，拘孝等囚系之，将行申黜。友于惧，见宰自投。友于品行，素为宰重，诸兄弟以是得无苦。友于乃诣周所负荆③，周亦器重友于，讼遂止。

孝归，终不德友于。无何，友于母张夫人卒，孝等不为服，宴饮如故。仁、义益忿。友于曰：『此彼之无礼，于我何损焉。』及葬，把持墓门，不使合厝。友于乃瘗母隧道中。未几孝妻亡，友于招仁、义同往奔丧。二人曰：『「期」且不论，「功」于何有！』再劝



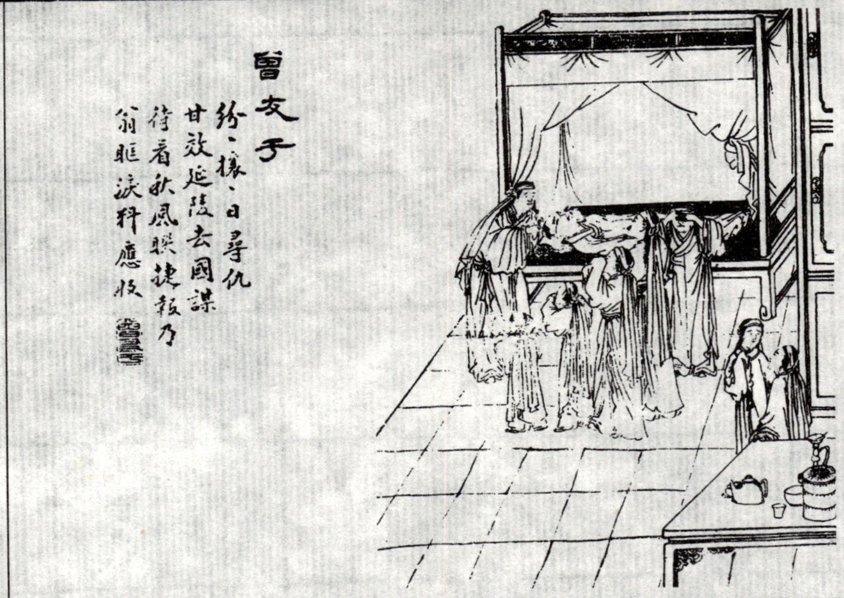

之，哄然散去。友于乃自往，临哭尽哀。隔墙闻仁、义鼓且吹，孝怒，纠诸弟往殴之。友于操杖先从。入其家，仁觉先逃。兴方逾垣，友于自后击仆之。孝等拳杖交加，殴不止。友于横身障阻之。孝怒，让友于。友于曰：『责之者以其无礼也，然罪固不至死。我不怙弟恶，亦不助兄暴。如怒不解，身代之。』孝遂反杖挞友于，忠、信亦相助殴兄，声震里党，群集劝解，乃散去。友于即扶杖诣兄请罪。孝逐去之，不令居丧次。而义创甚，不复食饮。仁代具词讼官，诉其不为庶母行服。官签拘孝、忠、信，而令友于陈状。友于以面目损伤，不能诣署，但作词禀白，哀求寝息，宰遂消案。义亦寻愈。由是仇怨益深。仁、义皆幼弱，辄被敲楚。怨友于曰：『人皆有兄弟，我独无！』友于曰：『此两语，我宜言之，两弟何云！』因苦劝之，卒不听。友于遂扃户，携妻子借寓他所，离家五十余里，冀不相闻。

友于在家虽不助弟，而孝等尚稍有顾忌；既去，诸兄一不当，辄叫骂其门，辱侵母讳。仁、义度不能抗，惟杜门思乘间刺杀之，行则怀刀。

一日寇所掠长兄成，忽携妇亡归。诸兄弟以家久析，聚谋三日，竟无处可以置之。仁、义窃喜，招去共养之。往告友于。友于喜，归，共出田宅居成。诸兄怒其市惠，登门窘辱。而成久在寇中，习于威猛，大怒曰：『我归，更无人肯置一屋；幸三弟念手足，又罪责之。是欲逐我耶！』以石投孝，孝仆。仁、义各以杖出，捉忠、信，挞无数。成乃讼宰，宰又使人请教友于。友于诣宰，俯首不言，但有流涕。宰问之，曰：『惟求公断。』宰乃判孝等各出田产归成，使七分相准。自此仁、义与成倍加爱敬，谈及葬母事，因并泣下。成恚曰：『如此不仁，真禽兽也！』遂欲启圹更为改葬。仁奔告友于，友于急归谏止。成不听，刻期发墓，作斋于茔。以刀削树，谓诸弟曰：『所不衰麻[4]相从

⑤《论语·子路》：朋友切切偲偲，兄弟怡怡。

者，有如此树！」众唯唯。于是一门皆哭临，安厝尽礼。自此兄弟相安。

而成性刚烈，辄批挞诸弟，于孝尤甚。惟重友于，虽盛怒，友于至，一言即解。孝有所行，成辄不平之，故孝无一日不至友于所，潜对友于诟诅。友于婉谏，卒不纳。友于不堪其扰，又迁居三泊，去家益远，音迹遂疏。又二年，诸弟皆畏成，久亦相习。

而孝年四十六，生五子：长继业，三继德，嫡出；次继功，四继绩，庶出；又婢生继祖。皆成立。效父旧行，各为党，日相竞，孝亦不能呵止。惟祖无兄弟，年又最幼，诸兄皆得而诟厉之。岳家近三泊，会诣岳，迂道诣叔。入门见叔家两兄一弟，弦诵怡怡⑤，乐之，久居不言归。叔促之，哀求寄居。叔曰：『汝父母皆不知，我岂惜瓯饭瓢饮乎！』乃归。过数月夫妻往寿岳母，告父曰：『儿此行不归矣。』父诘之，因吐微隐。父虑与叔有夙隙，计难久居。



祖曰：『父虑过矣。二叔圣贤也。』遂去，携妻之三泊。友于除舍居之，以齿儿行，使执卷从长子继善。祖最慧，寄籍三泊年余，入云南郡庠。与善闭户研读，祖又讽诵最苦。友于甚爱之。

自祖居三泊，家中兄弟益不相能。一日微反唇，业诟辱庶母。功怒，刺杀业。官收功，重械之，数日死狱中。业妻冯氏，犹日以骂代哭。功妻刘闻之，怒曰：『汝家男子死，谁家男子活耶！』操刀入，击杀冯，自投井死。冯父大立，悼女死惨，率诸子弟，藏兵衣底，往捉孝妾，裸挞道上以辱之。成怒曰：『我家死人如麻，冯氏何得复尔！』吼奔而出。诸曾从之，诸冯尽靡。成首捉大立，割其两耳。其子护救，继、绩以铁杖横击，折其两股。诸冯各被夷伤，哄然尽散。惟冯子犹卧道周。成夹之以肘，置诸冯村而还。遂呼绩诣官自首。冯状亦至。于是诸曾被收。

《诗·小雅·六月》：侯谁在矣，张仲孝友。

惟忠亡去，至三泊，徘徊门外。适友于率一子一侄乡试归，见忠，惊曰：『弟何来？』忠未语先泪，长跪道左。友于握手拽入，诘得其情，大惊曰：『似此奈何！然一门乖戾，逆知奇祸久矣；不然，我何以窜迹至此。但我离家久，与大令无声气之通，今即匍伏而往，徒取辱耳。但得冯父子伤重不死，吾三人中幸有捷者，则此祸或可少解。』乃留之，昼与同餐，夜与共寝。忠颇感愧。居十余日，见其叔侄如父子，兄弟如同胞，凄然下泪曰：『今始知从前非人也。』友于喜其悔悟，相对酸恻。俄报友于父子同科，祖亦副榜，大喜。不赴鹿鸣，先归展墓。明季科甲最重，诸冯皆为敛息。友于乃托亲友赂以金粟，资其医药，讼乃息。举家泣感友于，求其复归。友于乃与兄弟焚香约誓，俾各涤虑自新，遂移家还。

祖从叔不愿归其家。孝乃谓友于曰：『我不德，不应有亢宗之子；弟又



善教，俾姑为汝子。有寸进时，可赐还也。』友于从之。又三年，祖果举于乡。使移家，夫妻皆痛哭而去。不数日，祖有子方三岁，亡归友于家，藏伯继善室，不肯返。捉去辄逃。孝乃令祖异居，与友于邻。祖开户通叔家。两间定省如一焉。时成渐老，家事皆取决于友于。从此门庭雍穆，称孝友⑥焉。

异史氏曰：天下惟禽兽止知母而不知父，奈何诗书之家往往蹈之也！夫门内之行，其渐渍子孙者，直入骨髓。古云：其父盗，子必行劫，其流弊然也。孝虽不仁，其报亦惨，而卒能自知乏德，托子于弟，宜其有操心虑患之子也。若论果报犹迂也。

注释 ①昆阳：州名，在今云南省晋宁县。②宽譬：宽慰，劝说。③负荆：指请罪。《史记·廉颇蔺相如列传》：「廉颇闻之，肉袒负荆，因宾客至蔺相如门谢罪。」④衰麻：披麻戴孝。衰，古代用粗麻布制成的毛边丧服。⑤怡怡：和顺的样子。《论语·子路》：「朋友切切偲偲，兄弟怡怡。」⑥孝友：孝敬父母，友爱兄弟。《诗·小雅·六月》：「侯谁在矣，张仲孝友。」

## 薛慰娘

丰玉桂，聊城儒生也，贫无生业。万历间，岁大祲①，孑然南遁。及归，至沂而病。力疾行数里，至城南丛葬处，益惫，因傍冢卧。忽如梦，至一村，有叟自门中出，邀生入。屋两楹，亦殊草草。室内一女子，年十六七，仪容慧雅。叟使瀹②柏枝汤，以陶器供客。因诘生里居、年齿，既已，乃曰：『洪都姓李，平阳族。流寓此间今三十二年矣。君志此门户，余家子孙如见探访，即烦指示之。老夫不敢忘义。义女慰娘颇不丑，可配君子。三豚儿到日，即遣主盟。』生喜，拜曰：『犬马齿③二十有二，尚少良配。惠以眷好固佳；但何处得翁之家人而告诉也？』叟曰：『君但住北村中，相待月余，自有来者，止求不惮烦耳。』生恐其言不信，要之曰：『实告翁：仆故家徒四壁，恐后日不如所望，中道之弃，人所难堪。即无姻好，亦不敢不守季路之诺，即何妨质言之也？』叟笑曰：『君欲老夫旦旦④耶？我稔知君贫。此订非专为君，慰娘孤而无倚，相托已久，不忍听其流落，故以奉君子耳。何见疑！』即捉臂送生出，拱手合扉而去。

生觉，则身卧冢边，日已将午。渐起，次且⑤入村，村人见之皆惊，谓其已死道旁经日矣。顿悟叟即冢中人也，隐而不言，但求寄寓。村人恐其复死，

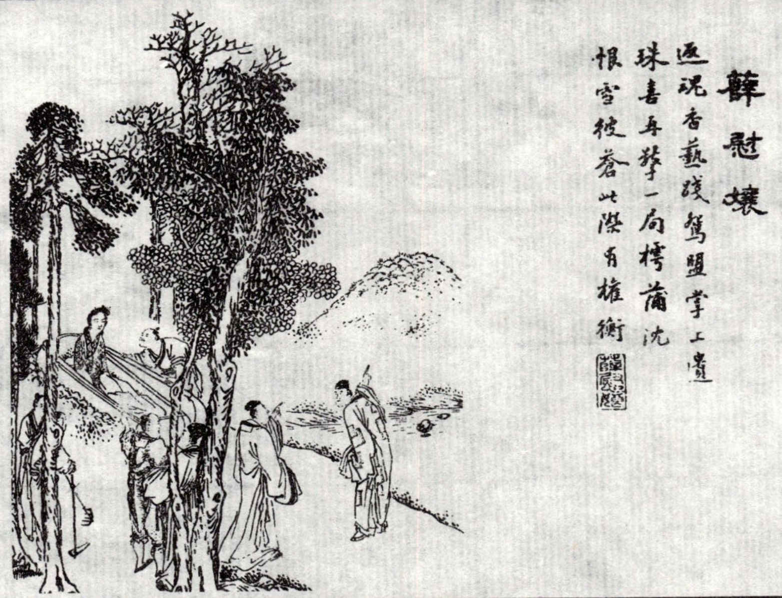


④《诗·卫风·氓》：言笑晏晏，信誓旦旦。

莫敢留。村有秀才与同姓，闻之，趋诘家世，盖生缌服叔也。喜导至家，饵治之，数日寻愈。因述所遇，叔亦惊异，遂坐待以觇其变。居无何，果有官人至村，访父墓址，自言平阳进士李叔向。先是其父李洪都，与同乡某甲行贾，死于沂，某因瘗诸丛葬处。既归某亦死。是时翁三子皆幼。长伯仁，举进士，令淮南。数遣人寻父墓，迄无知者。次仲道，举孝廉。叔向最少，亦登第。于是亲求父骨，至沂遍访。

是日至，村人皆莫识。生乃引至墓所，指示之。叔向未敢信，生为具陈所遇，叔向奇之。审视两坟相接，或言三年前有宦者，葬少妾于此。叔向恐误发他冢，生遂以所卧处示之。叔向命舁材其侧，始发冢。冢开，则见女尸，服妆黯败，而粉黛如生。叔向知其误，骇极，莫知所为。而女已顿起，四顾曰：『三哥来耶？』叔向惊，就问之，则慰娘也。乃解衣蔽覆，舁归逆旅。急发傍冢，冀父复活。既发，则肤革犹存，抚之僵燥，悲哀不已。装敛入村，清醮⑥七日；女亦若女。忽告叔向曰：『曩阿翁有黄金二锭，曾分一为妾作奁。妾以孤弱无藏所，仅以丝线紥腰，而未将去，兄得之否？』叔向不知，乃使生反求诸圹，果得之，一如女言。叔向仍以线志者分赠慰娘。暇乃审其家世。

先是，女父薛寅侯无子，止生慰娘，甚钟爱之。一日女自金陵舅氏归，将媪问渡。操舟者乃金陵媒也。适有宦者任满赴都，遣觅美妾，凡历数家，无当意者，将为扁舟诣广陵。忽遇女，隐生诡谋，急招附渡。媪素识之，遂与共济。中途投毒食中，女妪皆迷。推妪堕江，载女而返，以重金卖诸宦者。入门嫡始知，怒甚。女又惘然，莫知为礼，遂挞楚而囚禁之。北渡三日，女方醒。婢言始末，女大泣。一夜宿于沂，自经死，乃瘗诸乱冢中。女在墓，为群鬼所凌，李翁时呵护之，女乃父事翁。翁曰：『汝命合不死，当为择一快婿。』前

生既见而出，反谓女曰：『此生品谊可托。待汝三兄至，为汝主婚。』一日曰：『汝可归候，汝三兄将来矣。』盖即发墓之日也。女于丧次，为叔向缅述之。

叔向叹息良久，乃以慰娘为妹，俾从李姓。略买衣妆，遣归生，且曰：『资斧无多，不能为妹子办妆。意将偕归，以慰母心，何如？』女亦欣然。于是夫妻从叔向，辇柩并发。及归，母诘得其故，爱逾所生，馆诸别院。丧次，女哀悼过于儿孙。母益怜之，不令东归，嘱诸子为之买宅。

适有冯氏卖宅，直六百金，仓猝未能取盈，暂收契券，约日交兑。及期冯早至，适女亦从别院入省母，突见之，绝似当年操舟人，冯见亦惊。女趋过之。两兄亦以母小恙，俱集母所。女问：『厅前踱者为谁？』仲道曰：『此必前日卖宅者也。』即起欲出。女止之，告以所疑，使诘难之。仲道诺而出，则



冯已去，而巷南塾师薛先生在焉。因问：『何来？』曰：『昨夕冯某浼早登堂，一署券保。适途遇之，云偶有所忘，暂归便返，使仆坐以待之。』少间，生及叔向皆至，遂相攀谈。慰娘以冯故，潜来屏后窥客，细视之，则其父也。突出，持抱大哭。翁惊涕曰：『吾儿何来！』众始知薛即寅侯也。仲道虽与街头常遇，初未悉其名字。至是共喜，为述前因，设酒相庆。因留信宿，自道行踪。盖失女后，妻以悲死，鳏居无依，故游学至此也。生约买宅后，迎与同居。翁次日往探，冯则举家遁去，乃知杀媪卖女者即其人也。冯初至平阳，贸易成家；比年赌博，日就消乏，故货居宅，卖女之资，亦濒尽矣。慰娘得所，亦不甚仇之，但择日徙居，更不追其所往。李母馈遗不绝，一切日用皆供给之。生遂家于平阳，但归试甚苦。幸于是科得举孝廉。

慰娘富贵，每念媪为己死，思报其子。媪夫姓殷，一子名富，好博，贫无

立锥。一日博局争注，殴杀人命，亡归平阳，远投慰娘。生遂留之门下。研诘所杀姓名，盖即操舟冯某也。骇叹久之，因为道破，乃知冯即杀母仇人也。益喜，遂役生家。薛寅侯就养于婿，婿为买妇，生子女各一焉。

注释 ①岁大祲：灾荒年。岁，一年的收成。祲，天灾。②瀹：泡，煮。③犬马齿：自称年龄的谦词。齿，年龄。④旦旦：盟誓。《诗·卫风·氓》：「言笑晏晏，信誓旦旦」。⑤次且：同「趑趄」，犹豫不前。⑥清醮：旧时为超度亡灵请僧人道士所举行的一种仪式。举行这种仪式要清心食素，故称为清醮。

## 王桂庵

王樨字桂庵，大名世家子。适南游，泊舟江岸。临舟有榜人①女绣履其中，风姿韶绝。王窥既久，女若不觉。王朗吟『洛阳女儿对门居②』，故使女闻。女似解其为己者，略举首一斜瞬之，俯首绣如故。王神志益驰，以金一锭投之，堕女襟上；女拾弃之，金落岸边。王拾归，益怪之，又以金钏掷之，堕足下；女操业不顾。无何榜人自他归，王恐其见钏研诘，心急甚；女从容以双钩覆蔽之。榜人解缆径去。王心情丧惘，痴坐凝思。时王方丧偶，悔不即媒定之。乃询舟人，皆不识其何姓。返舟急追之，杳不知其所往。不得已返舟而南。务毕北旋，又沿江细访，并无音耗。抵家，寝食皆萦念之。逾年复南，买舟江际若家焉。日日细数行舟，往来者帆楫皆熟，而曩舟殊杳。居半年资罄而归。行思坐想，不能少

王维《洛阳女儿行》：洛阳女儿对门居，才可容颜十五馀。谁怜越女颜如玉，贫贱江头自浣纱。

置。一夜梦至江村，过数门，见一家柴扉南向，门内疏竹为篱，意是亭园，径入。有夜合③一株，红丝满树。隐念：诗中『门前一树马缨花』，此其是矣。过数武，苇笆光洁。又入之，见北舍三楹，双扉阖焉。南有小舍，红蕉蔽窗。探身一窥，则架当门，画裙其上，知为女子闺闼，愕然却退；而内亦觉之，有奔出瞰客者，粉黛微呈，则舟中人也。喜出望外，曰：『亦有相逢之期乎！』方将狎就，女父适归，倏然惊觉，始知是梦。景物历历，如在目前。秘之，恐与人言，破此佳梦。

又年余再适镇江。郡南有徐太仆，与有世谊，招饮。信马而去，误入小村，道途景象，仿佛平生所历。一门内马缨一树，梦境宛然。骇极，投鞭而入。种种物色，与梦无别。再入，则房舍一如其数。梦既验，不复疑虑，直趋南舍，舟中人果在其中。遥见王，惊起，以扉自幛，叱问：『何处男子？』王逡巡间，犹疑是梦。女见步趋甚近，然扃户。王曰：『卿不忆掷钏者耶？』备述相思之苦，且言梦征。女隔窗审其家世，王具道之。女曰：『既属宦裔，中馈必有佳人，焉用妾？』王曰：『非以卿故，婚娶固已久矣！』女曰：『果如所云，足知君心。妾此情难告父母，然亦方命而绝数家。金钏犹在，料锺情者必有耗问耳。父母偶适外戚，行且至。君姑退，倩冰委禽，计无不遂；若望以非礼成耦，则用心左矣。』王仓卒欲出。女遥呼王郎曰：『妾芸娘，姓孟氏。父字江蓠。』王记而出。罢筵早返，谒江蓠。江迎入，设坐篱下。王自道家阀，即致来意，兼纳百金为聘。翁曰：『息女已字矣。』王曰：『讯之甚确，固待聘耳，何见绝之深？』翁曰：『适间所说，不敢为诳。』王神情俱失，拱别而返。当夜辗转，无人可媒。向欲以情告太仆，恐娶榜人女为先生笑；今情急无可为媒，质明诣太仆，实告之。太仆曰：『此翁与有瓜葛，是祖母嫡孙，何

不早言？」王始吐隐情。太仆疑曰：「江蓠固贫，素不以操舟为业，得毋误乎？」乃遣子大郎诣孟。孟曰：「仆虽空匮，非卖婚者。曩公子以金自媒，谅仆必为利动，故不敢附为婚姻。既承先生命，必无错谬。但顽女颇恃娇爱，好门户辄便拗却④，不得不与商榷，免他日怨婚也。」遂起，少入而返，拱手一如尊命，约期乃别。大郎复命，王乃盛备禽妆，纳采于孟，假馆太仆之家，亲迎成礼。

居三日，辞岳北归。夜宿舟中，问芸娘曰：「向于此处遇卿，固疑不类舟人子。当日泛舟何之？」答云：「妾叔家江北，偶借扁舟一省视耳。妾家仅可自给，然傥来物⑤颇不贵视之。笑君双瞳如豆，屡以金资动人。初闻吟声，知为风雅士，又疑为儇薄子作荡妇挑之也。使父见金钏，君死无地矣。妾怜才心切否？」王笑曰：「卿固黠甚，然亦堕吾术矣！」女问：「何事？」王止而不言。又固诘之，乃曰：「家门日近，此亦不能终秘。实告卿：我家中固有妻在，吴尚书女也。」芸娘不信，王故壮其词以实之。芸娘色变，默移时，遽起，奔出；王屣履⑥追之，则已投江中矣。王大呼，诸船惊闹，夜色昏蒙，惟有满江星点而已。王悼痛终夜，沿江而下，以重价觅其骸骨，亦无见者。

悒悒而归，忧痛交集。又恐翁来视女，无词可对。有姊丈官河南，遂命驾造之，年余始归。途中遇雨，休装民舍，见房廊清洁，有老妪弄儿厦间。儿见王入，即扑求抱，王怪之。又视儿秀婉可爱，揽置膝头，妪唤之不去。少顷雨霁，王举儿付妪，下堂趣装。儿啼曰：「阿爹去矣！」妪耻之，呵之不止，强抱而去。王坐待治任，忽有丽者自屏后抱儿出，则芸娘也。方诧异间，芸娘骂曰：「负心郎！遗此一块肉，焉置之？」王乃知为己子。酸来刺心，不暇问其往迹，先以前言之戏，矢日自白。芸娘始反怒为悲。相向涕零。先是，第主



《庄子·缮性》：「物之傥来，寄也。」疏：「傥者，意外忽来者耳。」

莫翁，六旬无子，携媪往朝南海。归途泊江际，芸娘随波下，适触翁舟。翁命从人拯出之，疗控终夜始渐苏。翁媪视之，是好女子，甚喜，以为己女，携归。居数月，欲为择婿，女不可。逾十月，生一子，名曰寄生。王避雨其家，寄生方周岁也。王于是解装，入拜翁媪，遂为岳婿。居数日，始举家归。至，则孟翁坐待已两月矣。翁初至，见仆辈情词恍惚，心颇疑怪；既见始共欢慰。历述所遭，乃知其枝梧⑦者有由也。

注释 ①榜人：船家，船夫。②洛阳女儿对门居：出自唐代诗人王维《洛阳女儿行》：『洛阳女儿对门居，才可容颜十五馀。谁怜越女颜如玉，贫贱江头自浣纱。』③夜合：夜合花，合欢的别名，亦称马缨花。④拗却：坚绝地拒绝。⑤傥来物：无意间得到的财物。《庄子·缮性》：『物之傥来，寄也。』疏：『傥者，意外忽来者耳。』⑥屣履：趿拉着鞋，匆忙间来不及穿鞋。⑦枝梧：敷衍搪塞。

## 寄生（附）

寄生字王孙，郡中名士。父母以其襁褓认父，谓有夙惠，钟爱之。长益秀美，八九岁能文，十四入郡庠。每自择偶。父桂庵有妹二娘，适郑秀才子侨，生女闺秀，慧艳绝伦。王孙见之，心切爱慕，积久寝食俱废。父母大忧，苦研诘之，遂以实告。父遣冰于郑；郑性方谨，以中表为嫌却之。王孙愈病，母计无所出，阴婉致二娘，但求闺秀一临存①之。郑闻益怒，出恶声焉。父母既绝望，听之而已。

郡有大姓张氏，五女皆美；幼者名五可，尤冠诸姊，择婿未字。一日上

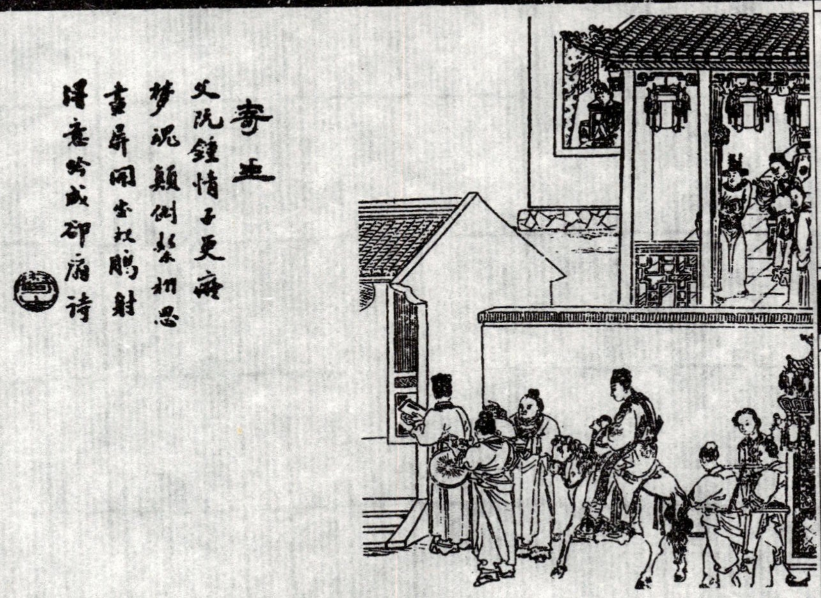

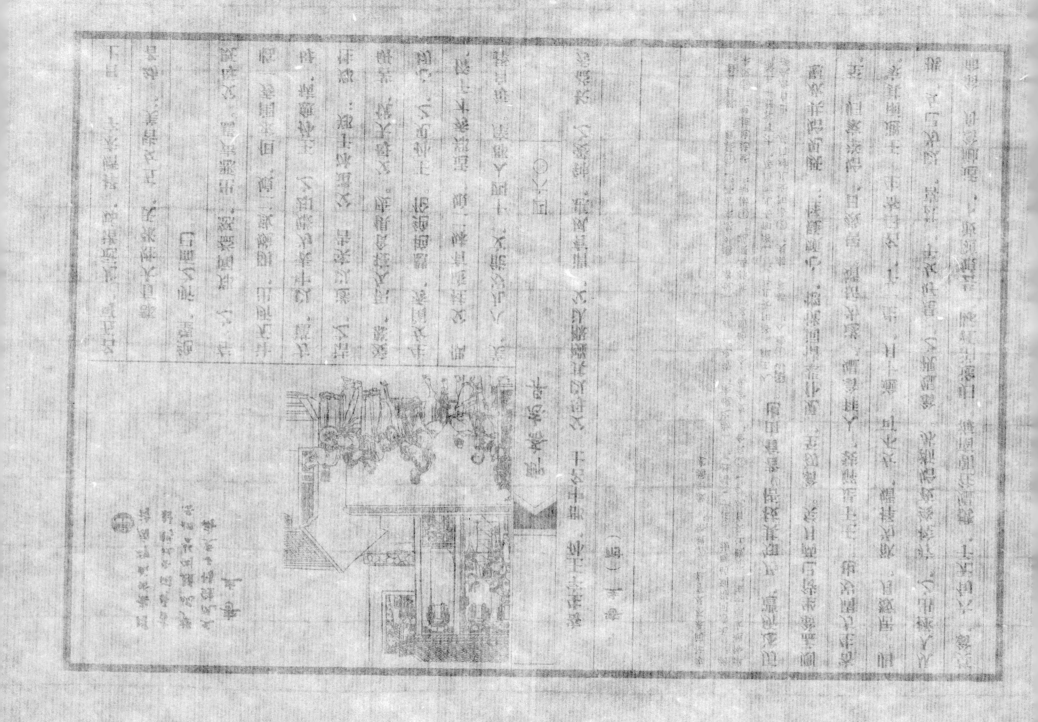

墓，途遇王孙，自舆中窥见，归以白母。母沈知其意，见媒媪于氏，微示之。媪遂诣王所。时王孙方病，讯知笑曰：『此病老身能医之。』芸娘问故。媪述张氏意，极道五可之美。芸娘喜，使媪往候王孙。媪入，抚王孙而告之。王孙摇首曰：『医不对症，奈何！』媪笑曰：『但问医良否耳：其良也，召和而缓至，可矣；执其人以求之，守死而待之，不亦痴乎？』王孙欷歔曰：『但天下之医无愈和者。』媪曰：『何见之不广也？』遂以五可之容颜发肤，神情态度，口写而手状之。王孙又摇首曰：『媪休矣！此余愿所不及也。』反身向壁，不复听矣。媪见其志不移，遂去。

一日王孙沉痼中，忽一婢入曰：『所思之人至矣！』喜极，跃然而起。急出舍，则丽人已在庭中。细认之，却非闺秀，着松花色细褶绣裙，双钩微露，神仙不啻也。拜问姓名，答曰：『妾，五可也。君深于情者，而独锺闺秀，使人不平。』王孙谢曰：『生平未见颜色，故目中止一闺秀。今知罪矣！』遂与要誓②。方握手殷殷，适母来抚摩，遽然而觉，则一梦也。回思声容笑貌，宛在目中。阴念：五可果如所梦，何必求所难遘，因而以梦告母。母喜其念少夺，急欲媒之。

王孙恐梦见不的，托邻妪素识张氏者，伪以他故诣之，嘱其潜相③五可。妪至其家，五可方病，靠枕支颐，婀娜之态，倾绝一世。近问：『何恙？』女默然弄带，不作一语。母代答曰：『非病也。连日与爹娘负气耳！』妪问故。曰：『诸家问名，皆不愿，必如王家寄生者方嫁。是为母者劝之急，遂作意不食数日矣。』妪笑曰：『娘子若配王郎，真是玉人成双也。渠若见五娘，恐又憔悴死矣！我归即令倩冰，如何？』五可止之曰：『姥勿尔！恐其不谐，益增笑耳！』妪锐然以必成自任，五可方微笑。妪归复命，一如媒媪言。王孙详

及期以侄完婚，伪欲归宁，昧旦，使人求仆舆于兄。兄最友爱，又以居村邻近，遂以所备亲迎车马，先迎二娘。既至，则妆女入车，使两仆两媪护送之。到门，以毡贴地而入。时鼓乐已集，从仆叱令吹擂，一时人声沸聒。王孙奔视，则女子以红帕蒙首，骇极欲奔；郑仆夹扶，便令交拜。王孙不知何由，即便拜讫。二媪扶女，径坐青庐，始知其闺秀也。举家皇乱，莫知所为。

时渐濒暮，王孙不复敢行亲迎之礼。桂庵遣仆以情告张；张怒，遂欲断绝。五可不肯，曰：『彼虽先至，未受雁采；不如仍使亲迎。』父纳其言，以对来使。使归，桂庵终不敢从。相对筹思，喜怒俱无所施。张待之既久，知其不行，遂亦以舆马送五可至，因另设青帐于别室。

王孙周旋两间，蹀躞无以自处。母乃调停于中，使序行以齿，二女皆诺。及五可闻闺秀差长，称『姊』有难色。母甚虑之。比三朝公会，五可见闺秀风致宜人，不觉右之，自是始定。然父母恐其积久不相能，而二女却无间言，衣履易着，相爱如姊妹焉。



王孙始问五可却媒之故，笑曰：『无他，聊报君之却于媪耳。尚未见妾，意中止有闺秀；即见妾，亦略靳④之，以觇君之视妾，较闺秀何如也。使君为伊病，而不为妾病，则亦不必强求容矣。』王孙笑曰：『报亦惨矣！然非于媪，何得一觐芳容。』五可曰：『是妾自欲见君，媪何能为。过舍门时，岂不知眈眈者在内耶。梦中业相要，何尚未知信耶？』王孙惊问：『何知？』曰：『妾病中梦至君家，以为妄；后闻君亦梦，妾乃知魂魄真到此也。』王孙异之，遂述所梦，时日悉符。父子之良缘，皆以梦成，亦奇情也。故并志之。

异史氏曰：父痴于情，子遂几为情死。所谓情种，其王孙之谓欤？不有善梦之父，何生离情之子哉！

注释 ①临存：亲自来探问。②要誓：订约。此处指订下婚约。③潜相：偷偷地看。④靳：吝惜。此处指迟疑。

## 姬生

南阳①鄂氏患狐，金钱什物，辄被窃去。迕之祟益甚。鄂有甥姬生，名士不羁，焚香代为祷免，卒不应；又祝舍外祖使临己家，亦不应。众笑之，生曰：『彼能幻变，必有人心。我固将引之俾入正果。』数日辄一往祝之。虽不见验，然生所至狐遂不扰，以故鄂常止生宿。生夜望空请见，邀益坚。一日生归，独坐斋中，忽房门缓缓自开。生起，致敬曰：『狐兄来耶？』殊寂无声。又一夜门自开，生曰：『倘是狐兄降临，固小生所祷祝而求者，何妨即赐光霁？』却又寂然。案头有钱二百，及明失之。生至夜增以数百。中宵闻布幄铿然，生曰：『来耶？敬具时铜数百备用。仆虽不充裕，然非鄙吝者。若缓急有需，无妨质言，何必盗窃？』少间视钱，脱去二百。生仍置故处，数夜不复失。有熟鸡，欲供客而失之。生至夕又益以酒，而狐从此绝迹矣。



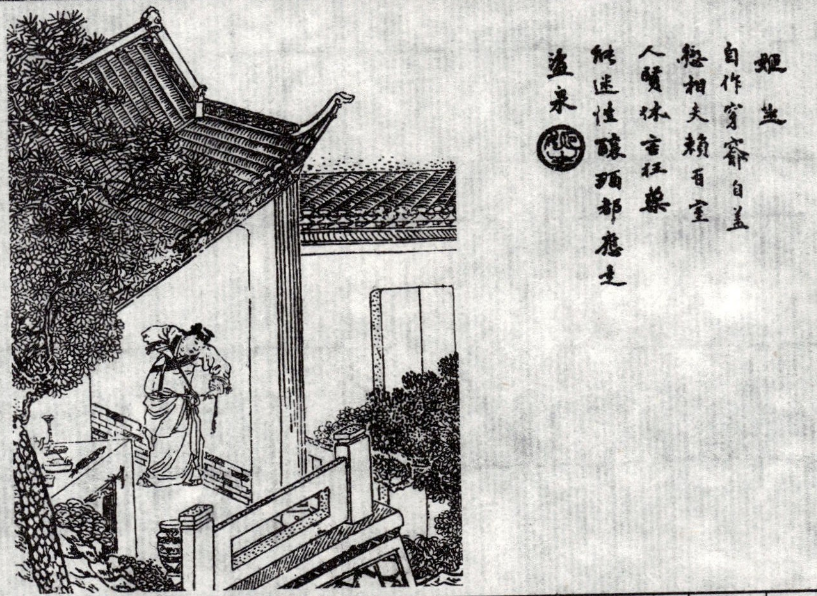


鄂家祟如故。生又往祝曰：『仆设钱而子不取，设酒而子不饮；我外祖衰迈，无为久祟之。仆备有不腆之物，夜当凭汝自取。』乃以钱十千、酒一樽，两鸡皆聂切②，陈几上。生卧其傍，终夜无声，钱物如故。狐怪从此亦绝。生一日晚归，启斋门，见案上酒一壶，鸡③盈盘；钱四百，以赤绳贯之，即前日所失物也。知狐之报。嗅酒而香，酌之色碧绿，饮之甚醇。壶尽半酣，觉心中贪念顿生，蓦然欲作贼，便启户出。

《礼记·少仪》：牛与羊鱼之腥，聂而切之为脍也。

思村中一富室，遂往越其墙。墙虽高，一跃上下，如有翅翎。入其斋，窃取貂裘、金鼎而出，归置床头，始就枕眠。

天明携入内室，妻惊问之，生嗫嚅而告，有喜色。妻骇曰：『君素刚直，何忽作贼！』生恬然不为怪，因述狐之有情。妻恍然悟曰：『是必酒中之狐毒也。』因念丹砂可以却邪，遂研入酒，饮生。少顷，生忽失声曰：『我奈何做贼！』妻代解其故，爽然自失。又闻富室被盗，噪传里党。生终日不食，莫知所处。妻为之谋，使乘夜抛其墙内。生从之。富室复得故物，事亦遂寝。

生岁试冠军，又举行优，应受倍赏。及发落之期，道署梁上粘一帖云：『姬某作贼，偷某家裘、鼎，何为行优？』梁最高，非跋足可粘。文宗疑之，执帖问生。生愕然，思此事除妻外无知者；况署中深密，何由而至？因悟曰：『此必狐之为也。』遂缅述无讳，文宗赏礼有加焉。生每自念无取罪于狐，





所以屡陷之者，亦小人之耻独为小人耳。

异史氏曰：生欲引邪入正，而反为邪惑。狐意未必大恶，或生以谐引之，狐亦以戏弄之耳。然非身有夙根，室有贤助，几何不如原涉所云，家人寡妇，一为盗污遂行淫哉！吁！可惧也！

吴木欣云：『康熙甲戌，一乡科令浙中，点稽囚犯，有窃盗已刺字④讫，例应逐释。令嫌「窃」字减笔从俗，非官板正字，使刮去之；候创平，依字汇中点画形象另刺之。盗口占一绝云：「手把菱花⑤仔细看，淋漓鲜血旧痕斑。早知面上重为苦，窃物先防识字官。」禁卒笑之曰：「诗人不求功名，而乃为盗？」盗又口占答之云：「少年学道志功名，只为家贫误一生。冀得资财权子母，囊游燕市博恩荣。」』即此观之，秀才为盗，亦仕进之志也。狐授姬生以进取之资，而返悔为所误，迂哉！一笑。

注释 ①南阳：旧府名，在今河南省南阳市。②聂切：切成薄片。《礼记·少仪》：『牛与羊鱼之腥，

《论语·述而》：子曰：富而可求，虽执鞭之士，吾亦为之。

聂而切之为脸也。』③燂鸡：烧鸡。燂，烧。④刺字：古代的一种墨刑。⑤菱花：镜子。

## 纫针

虞小思，东昌①人。居积为业。妻夏，归宁返，见门外一妪，偕少女哭甚哀。夏诘之。妪挥泪相告。乃知其夫王心斋，亦宦裔也。家中落无衣食业，浼中保贷富室黄氏金作贾。中途遭寇，丧资，幸不死。至家，黄索偿，计子母不下三十金，实无可准抵。黄窥其女纫针美，将谋作妾。使中保质告之：如肯，可折债外，仍以廿金压券。王谋诸妻，妻泣曰：『我虽贫，固簪缨之胄②。彼以执鞭③发迹，何敢遂媵吾女！况纫针固自有婿，汝何得擅作主！』先是，同邑傅孝廉之子，与王投契，生男阿卯，与襁中论婚。后孝廉官于闽，年余而卒。妻子不能归，音耗俱绝。以故纫针十五尚未字也。妻言及此，王无词，但谋所以为计。妻曰：『不得已，其试谋诸两弟。』盖妻范氏，其祖曾任京职，两孙田产尚多也。次日妻携女归告两弟，两弟任其涕泪，并无一词肯为设处。范乃号啼而归。适逢夏诘，且诉且哭。

夏怜之；视其女绰约可爱，益为哀楚。遂邀入其家，款以酒食，慰之曰：『母子勿戚，妾当竭力。』范未遑谢，女已哭伏在地，益加惋惜。筹思曰：『虽有薄蓄，然三十金亦复大难。

纫针

弱息娇姿肇祸胎 回生起死伏神雷 争婚枉自生奸计 天遣乘龙佳婿来

④《庄子·胠箧》：将为胠箧探囊发匮之盗而为守备，则必摄缄縢，固扃鐍。

当典质相付。』母女拜谢。夏以三日为约。别后百计为之营谋，亦未敢告诸其夫。三日未满其数，又使人假诸其母。范母女已至，因以实告。又订次日。抵暮假金至，合裹并置床头。

至夜有盗穴壁以火入，夏觉，睨之，见一人臂跨短刀，状貌凶恶。大惧，不敢作声，伪为睡者。盗近箱，意将发扃。回顾，夏枕边有裹物，探身攫去，就灯解视；乃入腰橐，不复箧④而去。夏乃起呼。家中唯一小婢，隔墙呼邻，邻人集而盗已远。夏乃对灯啜泣。见婢睡熟，乃引带自经于棂间。天曙婢觉，呼人解救，四肢冰冷。虞闻奔至，诘婢始得其由，惊涕营葬。时方夏，尸不僵，亦不腐。过七日乃殓之。

既葬，纫针潜出，哭于其墓。暴雨忽集，霹雳大作，发墓，纫针震死。虞闻奔验，则棺木已启，妻呻嘶其中，抱出之。见女尸，不知为谁。夏审视，始




辨之。方相骇怪。未几范至，见女已死，哭曰：『固疑其在此，今果然矣！闻夫人自缢，日夜不绝声。今夜语我，欲哭于殡宫，我未之应也。』夏感其义，遂与夫言，即以所葬材穴葬之。范拜谢。虞负妻归，范亦归告其夫。

闻村北一人被雷击死于途，身有字云：『偷夏氏金贼。』俄闻邻妇哭声，乃知雷击者即其夫马大也。村人白于官，官拘妇械鞫，则范氏以夏之措金赎女，对人感泣，马大赌博无赖，闻之而盗心遂生也。官押妇搜赃，则止存二十数；又检马尸得四数。官判卖妇偿补责还虞。夏益喜，全金悉仍付范，俾偿债主。

葬女三日，夜大雷电以风，坟复发，女亦顿活。不归其家，往扣夏氏之门。夏惊起，隔扉问之。女曰：『夫人果生耶！我纫针耳。』夏骇为鬼，呼邻媪诘之，知其复活，喜内入室。女自言：『愿从夫人服役，不复归矣。』夏

曰：『得无谓我损金为买婢耶？汝葬后，债已代偿，可勿见猜。』女益感泣，愿以母事。夏不允，女曰：『儿能操作，亦不坐食。』天明告范，范喜，急至。亦从女意，即以属夏。范去，夏强送女归。女啼思夏。王心斋自负女来，委诸门内而去。夏见惊问，始知其故，遂亦安之。女见虞至，急下拜，呼以父。虞固无子女，又见女依依怜人，颇以为欢。女纺绩缝纫，勤劳臻至。夏偶病剧，女昼夜给役。见夏不食亦不食；面上时有啼痕，向人曰：『母有万一，我誓不复生！』夏少瘳，始解颜为欢。夏闻流涕，曰：『我四十无子，但得生一女如纫针亦足矣。』夏从不育；逾年忽生一男，人以为行善之报。

居二年女益长。虞与王谋，不能坚守旧盟。王曰：『女在君家，婚姻惟君所命。』女十七，惠美无双。此言出，问名者趾错于门，夫妻为拣富室。黄某亦遣媒来。虞恶其为富不仁，力却之。为择于冯氏。冯，邑名士，子慧而能文。将告于王；王出负贩未归，遂径诺之。黄以不得于虞，亦托作贾，迹王所在，设馔相邀，更复助以资本，渐渍习洽。因自言其子慧以自媒。王感其情，又仰其富，遂与订盟。既归诣虞，则虞昨日已受冯氏婚书。闻王所言不悦，呼女出，告以情。女怫然曰：『债主，吾仇也！以我事仇，但有一死！』王无颜，托人告黄以冯氏之盟。黄怒曰：『女姓王，不姓虞。我约在先，彼约在后，何得背盟！』遂控于邑宰。宰意以先约判归黄。冯曰：『王某以女付虞，固言婚嫁不复预闻，且某有定婚书，彼不过杯酒之谈耳。』宰不能断，将惟女愿从之。黄又以金赂官，求其左袒，以此月余不决。

一日有孝廉北上，公车过东昌，使人问王心斋。适问于虞，虞转诘之，盖孝廉姓傅，即阿卯也。入闽籍，十八已乡荐矣。以前约未婚。其母嘱令便道访王，问女曾否另字也。虞大喜，邀傅至家，历述所遭，然婿远来数千里，患无

凭据。傅启箧，出王当日允婚书。虞招王至，验之果真，乃共喜。是日当官覆审，傅投刺谒宰，其案始销。涓吉约期乃去。会试后，市币帛而还，居其旧第，行亲迎礼。进士报已到闽，又报至东，傅又捷南宫。复入都观政而返。女不乐南渡，傅亦以庐墓在，遂独往扶父柩，载母俱归。又数年虞卒，子才七八岁，女抚之过于其弟。使读书，得入邑庠，家称素封，皆傅力也。

异史氏曰：神龙中亦有游侠耶？彰善瘅⑤恶，生死皆以雷霆，此『钱塘破阵舞』也。轰轰屡击，皆为一人，焉知纫针非龙女谪降者耶？

注释 ①东昌：旧府名，在今山东省聊城县。②簪缨之胄：官宦人家的子孙后代。簪缨，古代高级官员的冠饰。胄，后代。③执鞭：执鞭之士。指操贱业。《论语·述而》：『子曰：富而可术，虽执鞭之士，吾亦为之。』④箧：撬箱子。《庄子·箧》：『将为箧探囊发匮之盗而为守备，则必摄缄縢，固扃。』《经典释文》：『司马（彪）云：从旁开为，一云发也。』⑤瘅：憎恨。



## 桓侯

荆州①彭好士，友家饮归。下马溲便，马龁草路旁。有细草一丛，蒙茸可爱，初放黄花，艳光夺目，马食已过半矣。彭拔其余茎，嗅之有异香，因纳诸怀。超乘复行，马骛驶②绝驰，颇觉快意，竟不计算归途，纵马所之。

忽见夕阳在山，始将旋辔。但望乱山丛沓，并不知其何所。一青衣人来，见马方喷嘶，代为捉衔，曰：『天已近暮，吾家主人便请宿止。』彭问：『此属何地？』曰：『阆中也。』彭大骇，盖半日已千余里矣，因问：『主人为谁？』曰：『到彼自知。』又问：『何在？』曰：『咫尺耳。』遂代疾行，人马若飞。过一山头，见半山中屋宇重叠，杂以屏幔，遥睹衣冠一簇，若有所伺。彭至下马，相向拱敬。俄主人出，气象刚猛，巾服都异人世。拱手向客，曰：『今日客莫远于彭君。』因揖彭，请先行。彭谦谢，不肯遽先。主人捉臂行之。

彭觉捉处如被械梏，痛欲折，不敢复争，遂行。下此者犹相推让，主人或推之，或挽之，客皆呻吟倾跌，似不能堪，一依主命而行。登堂则陈设炫丽，两客一筵。彭暗问接坐者：「主人何人？」答云：「此张桓侯也。」彭愕然，不敢复咳。合座寂然。酒既行，桓侯曰：「岁岁叨扰亲宾，聊设薄酌，尽此区区之意。值远客辱临，亦属幸遇。仆窃妄有干求，如少存爱恋，即亦不强。」彭起问：「何物？」曰：「尊乘已有仙骨，非尘世所能驱策。欲市马相易如何？」彭曰：「敬以奉献，不敢易也。」桓侯曰：「当报以良马，且将赐以万金。」彭离席伏谢。桓侯命人曳起之。俄倾酒馔纷纶，日落命烛。众起辞，彭亦告别。桓侯曰：「君远来焉归？」彭顾同席者曰：「已求此公作居停主人矣。」桓侯乃遍以巨觞酌客，谓彭曰：「所怀香草，鲜者可以成仙，枯者可以点金；草七茎，得金一万。」即命僮出方授彭，彭又拜谢。桓侯曰：「明日造市，请于马群中任意择其良者，不必与之论价，吾自给之。」又告众曰：「远客归家，可少助以资斧。」众唯唯。觞尽，谢别而出。

途中始诘姓字，同座者为刘子。同行二三里，越岭即睹村舍。众客陪彭并至刘所，始述其异。先是，村中岁岁赛社于桓侯之庙，斩牲[3]优戏以为成规，刘其首善者也。三日前赛社方毕。是午，各家皆有一人邀请过山。问之，言殊恍惚，但敦促甚急，过山见亭舍，相共骇疑。将至门，使者始实告之；众亦不敢却退。使者曰：「姑集此，邀一远客行至矣。」盖即彭也。众述之惊怪。其中被把握者，皆患臂痛；解衣烛之，肤肉青黑。彭自视亦然。众散，刘即襆被供寝。既明，村中争延客；又伴彭入市相马。十余日相数十四，苦无佳者；彭亦拚苟就之。又入市见一马骨相似佳，骑试之，神骏无比。径骑入村，以待鬻者；再往寻之，其人已去。遂别村人欲归。村人各馈金资，遂归。

马一日行五百里。抵家，述所自来，人不之信，囊中出蜀物，始共怪之。香草久枯，恰得七茎，遵方点化，家以暴富。遂敬诣故处，独祀桓侯之祠，优戏三日而返。

异史氏曰：观桓侯燕宾，而后信武夷幔亭非诞也。然主人肃客，遂使蒙爱者几欲折肱，则当年之勇力可想。

吴木欣言：『有李生者，唇不掩其门齿，露于外盈指。一日于某所宴集，二客逊④上下，其争甚苦。一力挽使前，一力却向后。力猛肘脱，李适立其后，肘过触喙，双齿并堕，血下如涌。众愕然，其争乃息。』此与桓侯之握臂折肱，同一笑也。

注释 ①荆州：旧府名，在今湖北省江陵县。②鹜驶：疾驰。③斩牲：宰杀牲畜作为祭品。④逊：逊让。





## 粉蝶

阳曰旦，琼州①士人也。偶自他郡归，泛舟于海，遭飓风，舟将覆；忽飘一虚舟来，急跃登之。回视则同舟尽没。风愈狂，暝然任其所吹。亡何风定，开眸忽见岛屿，舍宇连亘。把棹近岸，直抵村门。村中寂然，行坐良久，鸡犬无声。见一门北向，松竹掩蔼。时已初冬，墙内不知何花，蓓蕾满树。心爱悦之，逡巡遂入。遥闻琴声，步少停。有婢自内出，年约十四五，飘洒艳丽。睹阳，返身遽入。俄闻琴声歇，一少年出，讶问客所自来，阳具告之。转诘邦族，阳又告之。少年喜曰：『我姻亲也。』遂揖请入院。

院中精舍②华好，又闻琴声。既入舍，则一少妇危坐③，朱弦方调，年可十八九，风采焕映。见客入，推琴欲逝，少年止之曰：『勿遁，此正卿家瓜葛。』因代溯④所由。少妇曰：『是吾侄也。』因问其『祖母尚健否？父母年

几何矣？』阳曰：『父母四十余，都各无恙；惟祖母六旬，得疾沉痼，一步履须人耳。侄实不省姑系何房，望祈明告，以便归述。』少妇曰：『道途辽阔，音问梗塞久矣。归时但告而父，「十姑问讯矣」，渠自知之。』阳问：『姑丈何族？』少年曰：『海屿姓晏。此名神仙岛，离琼三千里，仆流寓亦不久也。』十娘趋入，使婢以酒食饷客，鲜蔬香美，亦不知其何名。饭已，引与瞻眺，见园中桃杏含苞，颇以为怪。晏曰：『此处夏无大暑，冬无大寒，花无断时。』阳喜曰：『此乃仙乡。归告父母，可以移家作邻。』晏但微笑。

还斋炳烛，见琴横案上，请一聆其雅操。晏乃抚弦捻柱。十娘自内出，晏曰：『来，来！卿为若侄鼓之。』十娘即坐，问侄：『愿何闻？』阳曰：『侄素不读「琴操」，实无所愿。』十娘曰：『但随意命题，皆可成调。』阳笑曰：『海风引舟，亦可作一调否？』十娘曰：『可。』即按弦挑动，若有旧谱，意调

粉蝶
天風吹送上仙山學浮瑶
琴一曲還蝶自戀卷卷引蝶雙
飛雙宿到人間

崩腾；静会之，如身仍在舟中，为飓风之所摆簸。阳惊叹欲绝，问：『可学否？』十娘授琴，试使勾拨，曰：『可教也。欲何学？』曰：『适所奏「飓风操」，不知可得几日学？请先录其曲，吟诵之。』十娘曰：『此无文字，我以意谱之耳。』乃别取一琴，作勾剔之势，使阳效之。阳习至更余，音节粗合，夫妻始别去。阳目注心凝，对烛自鼓；久之顿得妙悟，不觉起舞。举首忽见婢立灯下，惊曰：『卿固犹未去耶？』婢

笑曰：『十姑命待安寝，掩户移檠⑤耳。』审顾之，秋水澄澄，意态媚绝。阳心动，微挑之；婢俯首含笑。阳益惑之，遽起挽颈。婢曰：『勿尔！夜已四漏，主人将起，彼此有心，来宵未晚。』方狎抱间，闻晏唤『粉蝶』。婢作色曰：『殆矣！』急奔而去。阳潜往听之，但闻晏曰：『我固谓婢子尘缘未灭，汝必欲收录之。今如何矣？宜鞭三百！』十娘曰：『此心一萌，不可给使，不如为吾侄遣之。』阳甚惭惧，返斋灭烛自寝。天明，有童子来侍盥沐，不复见粉蝶矣。心惴惴恐见谴逐。俄晏与十姑并出，似无所介于怀，便考所业。阳为一鼓。十娘曰：『虽未入神，已得什九，肄熟可以臻妙。』阳复求别传。晏教以『天女谪降』之曲，指法拗折，习之三日，始能成曲。晏曰：『梗概已尽，此后但须熟耳。娴此两曲，琴中无梗调矣。』

阳颇忆家，告十娘曰：『吾居此，蒙姑抚养甚乐；顾家中悬念。离家三千里，何日可能还也！』十娘曰：『此即不难。故舟尚在，当助一帆风，子无家室，我已遣粉蝶矣。』乃赠以琴，又授以药曰：『归医祖母，不惟却病，亦可延年。』遂送至海岸，俾登舟。阳觅楫，十娘曰：『无须此物。』因解裙作帆，为之萦系。阳虑迷途，十娘曰：『勿忧，但听帆漾耳。』系已下舟。阳凄然，方欲拜谢别，而南风竞起，离岸已远矣。视舟中糗粮⑥已具，然止足供一日之餐，心怨其吝。腹馁不敢多食，惟恐遽尽，但啖胡饼一枚，觉表里甘芳。余六七枚，珍而存之，即亦不复饥矣。俄见夕阳欲下，方悔来时未索膏烛。瞬息遥见人烟，细审则琼州也。喜极。旋已近岸，解裙裹饼而归。

入门，举家惊喜，盖离家已十六年矣，始知其遇仙。视祖母老病益惫，出药投之，沉痾立除。共怪问之，因述所见。祖母泫然曰：『是汝姑也。』初，老夫人有少女名十娘，生有仙姿，许字晏氏。婿十六岁入山不返，十娘待至二

十余，忽无疾自殂，葬已三十余年。闻旦言，共疑其未死。出其裙，则犹在家所素着也。饼分啖之，一枚终日不饥，而精神倍生。老夫人命发冢验视，则空棺存焉。

旦初聘吴氏女未娶，旦数年不还，遂他适。共信十娘言，以俟粉蝶之至；既而年余无音，始议他图。临邑钱秀才，有女名荷生，艳名远播。年十六，未嫁而三丧其婿。遂媒定之，涓吉成礼。既入门，光艳绝代，旦视之则粉蝶也。惊问曩事，女茫乎不知。盖被逐时，即降生之辰也。每为之鼓『天女谪降』之操，辄支颐凝想，若有所会。

注释 ①琼州：旧府名，在今广东省海南岛琼山县南。②精舍：指书斋。③危坐：正坐，端坐。④溯：从头陈述。⑤移檠：端灯。檠，灯架。⑥糗粮：干粮。



### 锦瑟

沂人王生，少孤，自为族。家清贫；然风标修洁，洒然裙履少年①也。富翁兰氏，见而悦之，妻以女，许为起屋治产。娶未几而翁死。妻兄弟鄙不齿数，妇尤骄倨，常佣奴其夫；自享馐馔②，生至则脱粟瓢饮，折为匕，置其前。王悉隐忍之。年十九往应童试被黜。自郡中归，妇适不在室，釜中烹羊③熟，就啖之。妇入不语，移釜去。生大惭，抵箸地上，曰：『所遭如此，

《魏书·邢峦传》：萧渊藻是裙屐少年，未洽治务。

不如死！』妇恚，问死期，即授索为自经之具。生忿投羹碗败妇颡。

生含愤出，自念良不如死，遂怀带入深壑。至丛树下，方择枝系带，忽见土崖间微露裙幅，瞬息一婢出，睹生急返，如影就灭，土壁亦无绽痕。固知妖异，然欲觅死，故无畏怖，释带坐觇之。少间复露半面，一窥即缩去。念此鬼物，从之必有死乐，因抓石叩壁曰：『地如可入，幸示一途！我非求欢，乃求死者。』久之无声。王又言之，内云：『求死请姑退，可以夜来。』音声清锐，细如游蜂。生曰：『诺。』遂退以待夕。未几星宿已繁，崖间忽成高第，静敞双扉。生拾级而入。才数武，有横流涌注，气类温泉。以手探之，热如沸汤，不知其深几许。疑即鬼神示以死所，遂踊身入。热透重衣，肤痛欲糜，幸浮不沉。泅没良久，热渐可忍，极力爬抓，始登南岸，一身幸不泡伤。行次，遥见厦屋中有灯火，趋之。有猛犬暴出，橦衣败袜。摸石以投，犬稍却。又有群犬要吠，皆大如犊。危急间婢出叱退，曰：『求死郎来耶？吾家娘子悯君厄穷，使妾送君入安乐窝，从此无灾矣。』挑灯导之。启后门，黯然行去。

入一家，明烛射窗，曰：『君自入，妾去矣。』生入室四瞻，盖已入己家矣。反奔而出，遇妇所役老媪曰：『终日相觅，又焉往！』反曳入。妇帕裹伤处，下床笑逆，曰：『夫妻年余，狎谑顾不识耶？我知罪矣。君受虚诮，我被实伤，怒亦可以少解。』乃于床头取巨金二铤置生怀，曰：『以后衣食，一惟君命可乎？』生不语，抛金夺门而奔，仍将入壑，以叩高第之门。

既至野，则婢行缓弱，挑灯尤遥望之。生急奔且呼，灯乃止。既至，婢曰：『君又来，负娘子苦心矣。』王曰：『我求死，不谋与卿复求活。娘子巨家，地下亦应需人。我愿服役，实不以有生为乐。』婢曰：『乐死不如苦生，君设想何左也！吾家无他务。惟淘河、粪除、饲犬、负尸；作不如程，则劓

鼻④、敲肘刭趾。君能之乎？』答曰：『诸役何也？适言负尸，何处得如许死人？』婢曰：『娘子慈悲，设「给孤园⑤」，收养九幽横死无归之鬼。鬼以千计，日有死亡，须负瘗之耳。请一过观之。』移时入一门，署『给孤园』。入，见屋宇错杂，秽臭熏人。园中鬼见烛群集，皆断头缺足，不堪入目。回首欲行，见尸横墙下；近视之，血肉狼藉。曰：『半日未负，已被狗咋⑥。』即使生移去之。生有难色，婢曰：『君如不能，请仍归享安乐。』生不得已，负置秘处。乃求婢缓颊，幸免尸污。婢诺。

行近一舍，曰：『姑坐此，妾入言之。饲狗之役较轻，当代图之，庶几得当以报。』去少顷，奔出，曰：『来，来！娘子出矣。』生从入。见堂上笼烛四悬，有女郎近户坐，乃二十许天人也。生伏阶下，女郎命曳起之，曰：『此一儒生乌能饲犬？可使居西堂主薄。』生喜伏谢，女曰：『汝以朴诚，可敬乃事。如有舛错⑦，罪责不轻也！』生唯唯。婢导至西堂，见栋壁清洁，喜甚，谢婢。始问娘子官阀，婢曰：『小字锦瑟，东海薛侯女也。妾名春燕。旦夕所需，幸相闻。』婢去，旋以衣履衾褥来，置床上。生喜得所。

黎明早起视事，录鬼籍。一门仆役尽来参谒，馈酒送脯甚多。生引嫌，悉却之。日两餐皆自内出。娘子察其廉谨，特赐儒巾鲜衣。凡有赍赉，皆遣春燕。婢颇风格，既熟，颇以眉目送情。生斤斤自守，不敢少致差跌，但伪作钝。积二年余赏给倍于常廪，而生谨抑⑧如故。

一夜方寝，闻内第喊噪。急起捉刀出，见炬火光天。入窥之，则群盗充庭，厮仆骇窜。一仆促与偕遁，生不肯，涂面束腰杂盗中呼曰：『勿惊薛娘子！但当分括财物，勿使遗漏。』时诸舍群贼方搜锦瑟不得，生知未为所获，潜入第后独觅之。遇一伏妪，始知女与春燕皆越墙矣。生亦过墙，见主婢伏于

暗陬⑨，生曰：『此处乌可自匿？』女曰：『吾不能复行矣！』生弃刀负之。奔二三里许，汗流竟体，始入深谷，释肩令坐。一虎来，生大骇，欲迎当之，虎已衔女。生急捉虎耳，极力伸臂入虎口，以代锦瑟。虎怒释女，嚼生臂，脆然有声。臂断落地，虎亦返去。女泣曰：『苦汝矣！苦汝矣！』生忙遽未知痛楚，但觉血溢如水，使婢裂衿裹断处。女止之，俯觅断臂，自为续之；乃裹之。东方渐白，始缓步归，登堂如墟。天既明，仆媪始渐集。女亲诣西堂，问生所苦。解裹，则臂骨已续；又出药糁其创，始去。由此益重生，使一切享用悉与己等。

臂愈，女置酒内室以劳之。赐之坐，三让而后隅坐。女举爵如让宾客。久之，曰：『妾身已附君体，意欲效楚王女之于臣建。但无媒，羞自荐耳。』生惶恐曰：『某受恩重，杀身不足酬。所为非分，惧遭雷殛，不敢从命。苟怜无室，赐婢已过。』一日女长姊瑶台至，四十许佳人也。至夕招生入，瑶台命坐，曰：『我千里来为妹主婚，今夕可配君子。』生又起辞。瑶台遽命酒，使两人易盏。生固辞，瑶台夺易之。生乃伏地谢罪，受饮之。瑶台出，女曰：『实告君：妾乃仙姬，以罪被谪。自愿居地下收养冤魂，以赎帝谴。适遭天魔之劫，遂与君有附体之缘。远邀大姊来，固主婚嫁，亦使代摄家政，以便从君归耳。』生起敬曰：『地下最乐！某家有悍妇；且屋宇隘陋，势不能容委曲以共其生。』女笑曰：『不妨。』既醉，归寝，欢恋臻至。

过数日，谓生曰：『冥会不可长，请郎归。君干理家事毕，妾当自至。』以马授生，启扉自出，壁复合矣。生骑马入村，村人尽骇。至家门则高庐焕映矣。先是，生去，妻召两兄至，将棰楚报之；至暮不归，始去。或于沟中得生履，疑其已死。既而年余无耗。有陕中贾某，媒通兰氏，遂就生第与妇合。

半年中，修建连亘。贾出经商，又买妾归，自此不安其室。贾亦恒数月不归。生讯得其故，怒，系马而入。见旧媪，媪惊伏地。生叱骂久，使导诣妇所，寻之已遁，既于舍后得之，已自经死。遂使人舁归兰氏。呼妾出，年十八九，风致亦佳，遂与寝处。贾托村人，求反其妾，妾哀号不肯去。生乃具状，将讼其霸产占妻之罪，贾不敢复言，收肆西去。

方疑锦瑟负约；一夕正与妾饮，则车马扣门而女至矣。女但留春燕，余即遣归。入室，妾朝拜之，女曰：『此有宜男相，可以代妾苦矣。』即赐以锦裳珠饰。妾拜受，立侍之；女挽坐，言笑甚欢。久之，曰：『我醉欲眠。』生亦解履登床，妾始出；入房则生卧榻上；异而反窥之，烛已灭矣。生无夜不宿妾室。一夜妾起，潜窥女所，则生及女方共笑语。大怪之。急反告生，则床上无人矣。天明阴告生；生亦不自知，但觉时留女所、时寄妾宿耳。生嘱隐



其异。久之，婢亦私生，女若不知之。婢忽临蓐难产，但呼『娘子』。女入，胎即下；举之，男也。为断脐置婢怀，笑曰：『婢子勿复尔！业多，则割爱难矣。』自此，婢不复产。妾出五男二女。居三十年，女时返其家，往来皆以夜。一日携婢去，不复来。生年八十，忽携老仆夜出，亦不返。

注释 ①裙屐少年：指外表华美而无真才实学的少年。《魏书·邢峦传》：『萧渊藻是裙屐少年，未洽治务。』②馐馔：精美食物。③羊臛：羊肉汤。臛，肉羹。④劓鼻：割耳割鼻。劓，为古代割去耳、鼻的刑罚。⑤给孤园：佛家用语，『给孤独园』之省称。此处指为收养孤魂野鬼购买处所。⑥咋：咬，啃。⑦舛错：差错，错误。⑧谨抑：持身谨慎。⑨暗陬：昏暗的角落。陬，角落。

## 房文淑

开封邓成德，游学至兖，寓败寺中，佣为造齿籍者①缮写。岁暮，僚役各归家，邓独炊庙中。黎明，有少妇叩门而入，艳绝，至佛前焚香叩拜而去。次日又如之。至夜邓起挑灯，适有所作，女至益早。邓曰：『来何早也？』女

曰：『明则人杂，故不如夜。太早，又恐扰君清睡。适望见灯光，知君已起，故至耳。』生戏曰：『寺中无人，寄宿可免奔波。』女哂曰：『寺中无人，君是鬼耶？』邓见其可狎，俟拜毕，曳坐求欢。女曰：『佛前岂可作此。身无片椽②，尚作妄想！』邓固求不已。女曰：『去此三十里某村，有六七童子延师未就。君往访李前川，可以得之。托言携有家室，令别给一舍，妾便为君执炊，此长策也。』邓虑事发获罪，女曰：『无妨。妾房氏，小名文淑，并无亲属，恒终岁寄居舅家，有谁知？』邓喜。既别女，即至某村，谒见李前川，谋果遂。约岁前即携家至。既反，告女。女约候于途中。邓告别同党，借骑而去。女果待于半途，乃下骑以辔授女，御之而行。至斋，相得甚欢。

积六七年，居然琴瑟，并无追捕逃者。女忽生一子。邓以妻不育，得之甚喜，名曰『究生』。女曰：『伪配终难作真。妾将辞君而去，又生此累人物何





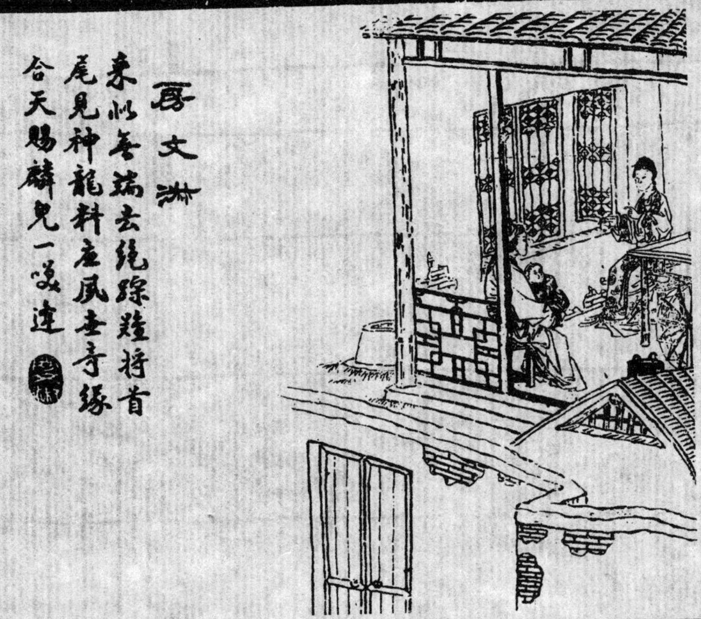


为！』邓曰：『命好，倘得余钱，拟与卿遁归乡里，何出此言？』女曰：『多谢，多谢！我不能胁肩谄笑，仰大妇眉睫，为人作乳媪，呱呱者难堪也！』邓代妻明不妒，女亦不言。月余邓解馆，谋与前川子同出经商，告女曰：『我思先生设帐，必无富有之期。今学负贩，庶有归时。』女亦不答。至夜，女忽抱子起。邓问：『何作？』女曰：『妾欲去。』邓急起追问之，门未启，而女已杳。骇极，始悟其非人也。邓以形

迹可疑，故亦不敢告人，托之归宁而已。初，邓离家与妻娄约，年终必返；既而数年无音，传其已死。兄以其无子，欲改醮之。娄更以三年为期，日惟以纺绩自给。一日既暮，往扃外户，一女子掩入，怀中绷儿，曰：『自母家归，适晚。知姊独居，故求寄宿。』娄内之。至房中，视之，二十余丽者也。喜与共榻，同弄其儿，儿白如瓠。叹曰：『未亡人遂无此物！』女曰：『我正嫌其累人，即嗣为姊后，何如？』娄曰：『无论娘子不忍割爱；即忍之，妾亦无乳能活之也。』女曰：『不难。当儿生时，患无乳，服药半剂而效。今余药尚存，即以奉赠。』遂出一裹，置窗间。娄漫应之，未遽怪也。既寝，及醒呼之，则儿在而女已启门去矣。骇极。日向辰，儿啼饥，娄不得已，饲其药，移时③流，遂哺儿。积年余，儿益丰肥，渐学语言，爱之不啻己出，由是再醮之心遂绝。但早起抱儿，不能操作谋衣食，益窘。

一日女忽至。娄恐其索儿，先问其不谋而去之罪，后叙其鞠养之苦。女笑曰：『姊告诉艰难，我遂置儿不索耶？』遂招儿。儿啼入娄怀，女曰：『犊子不认其母矣！此百金不能易，可将金来，署立券保④。』娄以为真，颜作赪，女笑曰：『姊勿惧，妾来正为儿也。别后虑姊无豢养之资，因多方措十余金来。』乃出金授娄。娄恐受其金，索儿有词，坚却之。女置床上，出门径去。抱子追之，其去已远，呼亦不顾。疑其意恶。然得金，少权子母，家以饶足。

又三年邓贾有赢余，治装归。方共慰藉，睹儿问谁氏子。妻告以故，问：『何名？』曰：『渠母呼之兖生。』邓惊曰：『此真吾子也！』问其时日，即夜别之日。邓乃历叙与房文淑离合之情，益共欣慰。犹望女至，而终渺矣。

**注释**　①造齿籍者：编制户口名册的人。②身无片椽，指没有房子。椽，梁上的木条。③湩：乳汁。④券保：字据。